CB078238

PROMÍSCUO SER DE PARTITURA *finita*

PROMÍSCUO SER DE PARTITURA *finita*

CRIS COELHO

PandorgA
NACIONAL
2017

Copyright © Cris Coelho, 2017
Todos os direitos reservados

Copyright © by Editora Pandorga

DIREÇÃO EDITORIAL
Silvia Vasconcelos
PRODUÇÃO EDITORIAL
Equipe Editora Pandorga
PREPARAÇÃO DE TEXTO
Andréia Cantario
REVISÃO DE TEXTO
Tássia Carvalho
PROJETO GRÁFICO E DIAGRAMAÇÃO
Fabio Brust
CAPA
Gabriella Regina

Texto de acordo com as normas do Novo Acordo Ortográfico da Língua Portuguesa (Decreto Legislativo nº 54, de 1995)

DADOS INTERNACIONAIS DE CATALOGAÇÃO NA PUBLICAÇÃO (CIP)
Ficha elaborada por Tereza Cristina Barros - CRB-8/7410

Coelho, Cris
Promíscuo ser de partitura finita / Cris Coelho -- 1.ed. -- São Paulo : Pandorga, 2017.
160 p. ; 14 x 21 cm.

ISBN 978-85-8442-169-5

1. Romance brasileiro. I. Titulo.

28.10/037-2017 CDD- 869.93

2017
IMPRESSO NO BRASIL
PRINTED IN BRAZIL
DIREITOS CEDIDOS PARA ESTA EDIÇÃO À
EDITORA PANDORGA
RODOVIA RAPOSO TAVARES, KM 22
CEP 06709-015 - GRANJA VIANA - COTIA - SP
TEL (11) 4612-6404
www.editorapandorga.com.br

A expectativa do gozo é sempre a melhor parte do sexo. Não transamos para gozar; transamos para alcançar o grau de excitação máxima que existe entre uma mente suja e um corpo em ascensão erótica. O prazer é sempre mais mental do que carnal. Somos todos pedaços de carne ambulantes com muito mais adrenalina sexual do que nos alcança o corpo. Somos receptores de uma energia que não está aqui, que recebemos e mandamos de volta. Somos pedaços de um todo mal-acabado. De um prazer que nos é concedido a cada vez em que chegamos perto do gozo humano...

CRIS COELHO
www.mariascarlet.com

Agradecimentos

Agradeço a ela que é minha referência de vida, da minha história e que faz parte de mim. Àquela que me incentivou a viver intensamente, a acreditar nos meus sonhos, que me ensinou a ser quem eu sou. Agradeço a ela, a pessoa que me trouxe a este mundo. Minha mãe.

ELIANE MARIA.

Agradeço a ela que está no mundo dos mortos, mas que permanece viva nos meus pensamentos e no meu amor. Àquela que, em sua vida, me ensinou a amar incondicionalmente e que, em sua morte, me ensinou que devemos amar os nossos, enquanto temos tempo. Agradeço a ela que me ensinou o verdadeiro sentido do perdão e a dor profunda da perda, do que não volta jamais... Agradeço a ela que me ensinou o valor do tempo e o valor da vida.

MÁRCIA MARIA.

Agradeço a ela que me acompanha por este mundo. Que conhece meus demônios, que me ajuda a enfrentar meus desertos e minhas avalanches, que me ajuda a trilhar meus caminhos com mais leveza e que me ajuda a vencer todas as minhas batalhas.Àquela que me suporta e me fortalece. Agradeço a ela que me inspira, que me motiva, que me impulsiona a ser uma pessoa mais "Wild & Free", assim como a tatuagem que levo no corpo. Agradeço a ela, aquela que levo na alma, como parte de mim. A minha parte mais vermelha e quente...

MARIA SCARLET.

Dedicatória

Dedico este livro ao meu grande, único e mais profundo amor. Ao homem que me salvou de mim mesma e que me mostrou um mundo cheio de possibilidades. Que me entregou sua vida para me ver feliz. Que me deu três presentes e perpetuou neste mundo a nossa espécie. Que me mostrou o caminho. Que caminha a meu lado, nesta e em todas as dimensões. Para sempre...
Meu Marido.
Meu Moc.
Mauricio Coelho.

PROMÍSCUO SER DE PARTITURA *finita*

Duas vidas entrelaçadas por um mesmo propósito. Um carma que é passado por diferentes gerações unindo duas mulheres em épocas distintas.

MARIA SCARLET

Invocando o arquétipo sexual mais pleno, Maria Scarlet se faz presente como uma prostituta de um passado distante que, após apanhar muito da vida, consegue se estabelecer como dona de um bordel. Com o tempo, o local ganha fama e se torna referência na pacata Holanda de 1750, derivando a qualidade de seu nome para a rua onde o estabelecimento funcionava: "Red Street", atualmente conhecida como "Red Light".

Todas as formas de magia são válidas no enredo deste conto, conduzidas pelas bruxarias herdadas pelo sangue e carma de Maria Eugênia, descendente de uma linhagem pura de dançarinas Ghawazee, exterminadas por cultos sexuais há muito, muito tempo...

ANNA LARA

Nas crescentes mudanças sociais ocorridas a partir do ano 2000, a dinâmica sexual de casais héteros no eixo Rio-São Paulo também se modificou. As posições de dominantes e dominados alteraram-se, deixando transparecer uma nova modalidade de opção sexual, em que a liberdade em busca do prazer torna-se elemento primordial no contexto moderno de alguns tipos de casais. A traição velada e secreta dá espaço à bigamia consentida, restrita ao universo sexual. Orgias também são aprovadas, se compartilhadas sem culpa entre o casal, e até mesmo experiências homossexuais são permitidas, se desfrutadas em conjunto, com ou sem parcimônia.

Esse universo sexual norteia a vida do casal Anna Lara e Jota Jr, entrelaçando a protagonista em uma angústia dilacerante. Se, por um lado, ela rejeita as atividades sexuais "ilícitas" sob o prisma religioso, proveniente da rígida formação familiar, por outro lado, é participante ativa e assídua de toda forma de desvio sexual. Em um universo psicológico completamente deturpado, Anna Lara apoia-se em seu marido para esconder sua absoluta fragilidade emocional que, desprovida de recursos próprios para prosseguir em sua estrada, esbarra nas lacunas sexuais escondidas nas partituras não terminadas de um universo promíscuo e misterioso.

NA NOITE

Na noite os pardos viram lobos, os indigentes viram reis e os homens viram objetos de prazer. O magro vira esbelto e o gordo, abastado. O esnobe é gentil e o carente, providencial. Na calada da noite todo sussurro é canção e todo gozo é hino. O hipócrita sorri satisfeito com a própria modéstia e as conhecidas se tornam íntimas parceiras de caminhada. Na noite todos são bonitos e qualquer oportunidade é sempre a última possível. Na noite os ângulos são perfeitos e o abismo, imperceptível...

Preâmbulo

Acordo gritando. Mais um daqueles sonhos... estou molhada de suor. Minhas mãos trêmulas refletem o meu estado de tensão. Não consigo parar de pensar no sonho, ou melhor, no pesadelo... um hospital com leitos vazios, repletos de sangue. Procuro ajuda. Grito e ninguém me escuta. Serão todos surdos? Por que parecem estar em câmera lenta? E essa mulher de vermelho... sempre me seguindo. Lembro-me dela. Quando terminava a aula de balé, ela dançava comigo a valsa de Tchaikovsky — *Power and Passion*. Não usava sapatilhas... apenas o longo vestido vermelho com a enorme fenda na frente de uma das pernas. Era linda, parecia uma deusa. Sua pele branca, seu rosto com traços finos e seus cabelos bem negros tornavam-na exótica. Seus olhos de cor castanho-amarelo intrigavam-me... sempre tive a sensação de que esses olhos me vigiavam.

Mamãe não gostava dela... lembro-me de que ela me obrigou a ir ao Dr. Ulisses para entender que essa mulher não existia, que era fruto da minha imaginação. Entendi. Mas no fundo sempre senti a presença dela... ali, com seus olhos me observando, me protegendo, me esperando...

Prólogo

2006

ANNA LARA — 26 ANOS

Chove muito. Anna Lara está tomando banho em seu modo contemplativo. Sei que está triste... espero que termine para começarmos a fazer nossa maquiagem. Mas ela não quer se maquiar hoje... há um tempo que não quer! Insisto e ela acaba cedendo... concorda em fazer ao menos o contorno dos olhos, ressaltando a parte inferior das pálpebras com lápis preto. Nos arrumamos calmamente, sempre em silêncio. Sinto sua angústia ao tocar seu ventre. Um filho deformado! Como será a reação do pai da Anna ao saber que a sua filha vai fazer um aborto?? E a Luiza, mãe da Anna Lara? Acho que ela vai ficar em estado de choque quando souber... ela está louca para ser avó...

Olho o relógio: 7h48, estamos atrasadas! Grito para que Anna acelere. Ela imediatamente coloca seu tênis Steven Madden de cano alto preto e prende o cabelo em um rabo de cavalo descuidado. Agarra sua bolsa Goyard vermelha e sai em direção à porta. Descemos pelo elevador e logo o cheiro de mar, disfarçado pela forte chuva que cai, nos envolve e nos conforta. Moramos na Delfim Moreira, uma das ruas mais caras do Rio de Janeiro, em frente à praia, na altura do Posto 10. Lembro-me sempre deste prédio enorme que, muitas vezes, tapava os raios de sol que cobriam o corpo malhado da Anna Lara, durante as últimas horas de praia. Lembro-me de ela desejar morar aqui, exatamente neste prédio. Só que, nas minhas lembranças, este prédio era muito mais alto e muito mais sedutor. Nelas, a minha menina não era uma assassina. E também não era uma escrava sexual do marido. Era uma mulher livre e feliz.

Logo o Honda Civic preto se aproxima do edifício e a tia Amélia, providencialmente, baixa o vidro traseiro, nos convidando a entrar. Nos acomodamos atrás rapidamente e seguimos para o Centro de Umbanda onde tia Amélia trabalha. No caminho, sinto que Anna Lara está tensa, incomodada. Admira a paisagem quase rural como se ali não estivesse em sintonia consigo mesma, como se não fosse ela. Tento me aproximar, mas a sinto distante. Sei que está com medo. Prefiro me calar, então.

Tia Amélia começa a falar da irmã Luíza e eu temo que isso novamente não termine bem... ela começa a falar das "coisas" que estão perdidas no tempo e no espaço, que dizem respeito à sua família. Que Anna Lara era a "filha" que ela não conseguira ter e que deveria cuidar dela até quando tivesse um último sopro de vida. Anna Lara, mais uma vez, não quis ouvir o que sua tia tinha a dizer e limitou-se a olhar para o outro lado. Com um meio sorriso fechado no rosto enrugado, tia Amélia voltou a olhar para a frente, com o olhar fixo no alto da cabeça de seu motorista, Agnaldo.

Na verdade, Agnaldo era muito mais do que um simples motorista... ele era seu homem. Era seu amante, seu amor. Era filho de Rosinha, a empregada-escudeira de dona Lia, que acompanhou a mãe de Amélia e Luíza até seus últimos dias. Preta Gorda, era a "bá" das filhas de dona Lia e, depois, virou a "bá" de Anna Lara. Amou-as tanto quanto amou Agnaldo. Era dedicada. Mais que isso, era devota fiel de dona Lia. Seguia-a a todos os lados, em todos os terreiros em que pisava, em todos os rituais que cumpria.

Meses depois da morte da dona Lia, Rosinha adoeceu e faleceu. Morreu de desgosto de viver sem a amada dona para idolatrar. Segurou as lágrimas em seu enterro e fez cumprir o que prometera à patroa, horas antes de ela cruzar o mar dos mortos. Fez-se a "profecia da vida", enquanto vida havia para ser profetizada. Deixou o séquito de parasitas à espreita da morte, aguardando o próximo sinal de redenção de sua mestra. Aos "pretos velhos", restou-lhes aceitar e aguardar, no Reino dos Céus, a prestação de contas que Rosinha haveria de fazer em sua hora de subida. Mais tarde, foi Agnaldo quem vestiu a roupa da mãe e, em um encanto de dois Deuses Umbandistas, revelou-se "preto velho" em feitiços e "malandro" em conquistas amorosas. Alguns meses após a passagem da mãe, já não dormia mais no quarto dos fundos. Havia se mudado para o aposento principal, deleitando-se com sua senhora, antes companheira de brinca-

deiras na Pracinha da Igreja Nossa Senhora da Paz, hoje parceira de cama, com direito a todos os subterfúgios que uma senhora de idade pode clamar.

Não é, todavia, seu companheiro de riqueza, pois desfruta o luxo sob a premissa do sexo. Abraça-se com a carne, jamais com a riqueza. É serviçal igual sua mãe. Nasceu para servir, seja o serviço o mérito que for.

Uma hora depois, chegamos ao "centro". Fica em Alcântara, em um subúrbio feio, sujo e pobre. Subimos um morro enlameado até chegar a uma construção recém-terminada, com tijolos aparentes e teto de telhas de alumínio. É um galpão enorme, rodeado por uma cerca de arame que delimita o espaço do terreno. Ao lado, existe uma casinha bem pequena, de onde saem mulheres vestidas com saias brancas de renda, por cima das calças, e blusas brancas largas, adornadas com vários colares de contas e sementes.

Percebo logo o olhar de animosidade do homem gordo com chapéu de palha que está à frente do portão. Em uma das mãos, segura uma garrafa de aguardente e, na outra, leva um cigarro que se mantém aceso mesmo com a chuva que insiste em cair. Tia Amélia faz um pequeno gesto de saudação, inclinando parcialmente a cabeça, como se pedisse alguma espécie de permissão para entrar. Passamos por ele e seguimos em direção ao grande galpão. Ao entrar, sinto um calafrio imediato e minhas mãos e pés começam a ficar dormentes. Tento me controlar porque a Anna Lara precisa de mim. Duas mulheres vestidas de preto e vermelho aproximam-se de nós. Não parecem muito contentes com a minha presença. Uma das mulheres, com longos cabelos negros e enormes cílios, me diz:

— Vá embora imediatamente. Sua presença não é bem-vinda aqui. Vá enquanto pode.

Um calafrio estremece todo meu corpo. Dou um passo para o lado e seguro o braço de Anna Lara. Quase sussurrando em seu ouvido, digo:

— Anna Lara, vamos embora. Este lugar não é nada bom! Não estou com um bom pressentimento... algo está estranho... essas pessoas, essa energia... não sei. Estou com medo! — Desço minhas mãos pelo braço de Anna Lara até tocar em sua mão. Está gelada. Não recebo nenhuma resposta dela... é como se não me escutasse.

A outra mulher, mais baixa, com cabelos claros e nariz protuberante, me diz:

— Ela não vai te escutar, não adianta insistir. Vá embora agora ou vai ser pior para você!

E eu respondo:

— Quanta arrogância! Como podem me mandar ir embora!? Sou a melhor amiga da Anna Lara, sempre estive ao seu lado e não vou deixá-la nunca! — Nesse momento, sinto uma punhalada na nuca e tudo se escurece.

Quando acordo, percebo que estou dentro de um quarto minúsculo com um pequeno altar ao fundo, cheio de velas vermelhas e imagens esquisitas. Sentado à frente do altar está um senhor negro, bem magro e com unhas enormes. Lentamente ele se vira, encara-me com seus olhos vermelhos e pergunta:

— O que você está fazendo aqui?

— Sou amiga da Anna Lara, sobrinha da tia Amélia. Eu vim acompanhá-la... — Nesse momento, o homem negro se levanta, deixando transparecer toda sua magreza esquelética, com seus mais de dois metros de altura, e me agarra pelo pescoço. Sinto suas enormes unhas negras invadirem a pele do meu pescoço e alcançarem a minha carne. Um caminho de sangue começa a correr em direção às minhas costas e colo... A sensação que tenho é de que vou sufocar... me falta ar...

A porta se abre repentinamente, deixando a luz entrar e fazendo com que esse monstro me largue por alguns segundos. É uma das mulheres "vestidas de branco", que traz uma bacia de barro cheia de farinha com uma galinha morta, ao centro, banhada com muito sangue. A cena me dá náuseas... a mulher olha para o homem negro com respeito e, ao mesmo tempo, com firmeza, pede licença e deposita a bacia embaixo do "altar". Aproveito esse intervalo para escapar. Corro para fora da casinha e entro no galpão em busca da Anna Lara. Ela está no meio do salão, cercada por várias pessoas com roupas brancas em uma espécie de "ritual". Adentro a roda e abraço minha menina com toda força. Peço para ela ir embora, que isso não vai fazer bem ao filho dela, mas ela continua sem me ouvir, parece estar em um estado de transe... nesse momento, "Mãe Dalva", a médium principal deste Centro, se aproxima. Com uma expressão de descontentamento, ela me cumprimenta e, sem mexer a boca, me diz:

— Está na hora de você se afastar. Não se preocupe, ela estará bem ancorada nesta casa de luz.

— Não! Eu não vou deixar a Anna Lara nunca! Eu tenho que protegê-la!

— Você já fez muitos estragos por aqui! Se hoje ela está carregando um filho deformado é por sua culpa, que a deixou seduzir na dimensão sexual. Você é a culpada! Incentivou-a a transar para satisfazer suas próprias necessidades carnais, quando deveria tê-la protegido. Não vamos permitir que você permaneça ao lado dela. A partir de agora, você vai ficar aprisionada na casa de Exu, trancada e amarrada. Vamos eliminar todas as impurezas desta "filha", começando por esse ser maldito que ela carrega.

Nesse momento, abraço Anna Lara com todas as minhas forças, temendo o momento em que essas pessoas vestidas de branco aproximem-se de nós para nos afastar. Para minha surpresa, elas não se aproximam, apenas nos olham. De repente, pessoas deformadas, com roupas pretas e rasgadas, saem de trás da "Mãe Dalva" e caminham de forma enviesada em nossa direção. Sinto medo, muito medo. Em um segundo estão todos me segurando e me arrastando em direção ao altar. Um deles abre a cortina vermelha de veludo localizada na parte baixa do altar e vejo uma caixa velha feita de madeira, fechada com um pino enferrujado. Uma das "criaturas" retira o pino e abre a caixa. Sou empurrada para dentro sem conseguir reagir. Parece que minhas forças se acabaram. Estou imóvel, sem sentir meu corpo. Inerte em uma imensidão negra. Pela fresta da caixa, observo a minha pequena e doce menina com cara assustada. Uma lágrima começa a escorrer pelo meu rosto e de repente me lembro...

Não sou humana. Não sou de "luz." Não trabalho na esfera da claridade. Trabalho contra as trevas, na escuridão. Movimento a energia mais básica, o chacra sexual, o vermelho, o da vida terrena. Sou energia em forma de arquétipo feminino e sedutor. Sou uma alma atrasada em busca de luz. Sou da rua, das esquinas, dos becos. Sou uma puta, vulgo, "pomba-gira".

Sou Maria Scarlet.

Capítulo 1

Chove muito na zona sul do Rio. Há tempos que esse temporal não passa. E, justo agora, no dia mais triste de toda a minha vida, sou brindada com esse dilúvio. Talvez seja mesmo para limpar minha alma suja, cheia de pecados inconfessáveis. Cheia de egoísmos sem fim.

Chegamos ao nosso apartamento em silêncio. A casa parece mais fria do que de costume. Sinto cheiro de morte em todos os cantos. Mal consigo andar.

A enorme sala, recém-reformada com o piso de madeira envelhecida, trazida do Acre em um esquema de contrabando de madeira proibida, mais bem feito do que a rota usada para abastecer a nossa despensa de todos os tipos de drogas ilícitas, agora parece incompleta diante dos meus olhos. O piso caro embaixo dos meus pés parece inapropriado para o peso que carrego, e a cozinha americana mais parece integrar um ambiente de uma feira de decoração do que uma casa familiar. Deslizo as mãos pela bancada de granito preto absoluto apoiada nos armários de lacca prateada, feitos especialmente para o nosso projeto. Imagino mamadeiras e chupetas sujas, nesta bancada, e todos os apetrechos necessários para alimentar um bebê. Imagino o tempo passando... e, com ele, os "danoninhos", as frutinhas e os suquinhos que encheriam a nossa geladeira. Imagino quanta vida essa cozinha teria com a chegada do Miguel a esta casa. E, por fim, imagino quanta falta vou sentir dessa vida que não tive...

Jota me abraça por trás. Sinto um vazio enorme dentro de mim...

— Anna Lara, vá deitar. O médico disse que você tem que descansar agora.

— Não consigo dormir, Jota. É estranho... depois que fui na "Mãe Dalva", voltei certa de que o melhor a fazer era esse aborto. Ela me disse que esse filho só ia me trazer sofrimento, que não estava no meu destino ser mãe de um menino com problemas...

— Você sabe que eu não acredito nessas coisas, Anna Lara...

— Eu sei, Jota, mas, por favor, me escuta: Ela me disse que a "missão" dele já estava cumprida, que era passar por nossas vidas para nos ensinar como lidar com a dor, que tínhamos que passar por isso e seguir em frente. Mas... e se não for isso? E se nós erramos? E se era para eu escolher e escolhi a morte dele? E... — Um mar de lágrimas começa a escorrer pelo meu rosto e não consigo me controlar. Tenho a sensação de que todos os pilares que me sustentam se soltaram. E não estou mais conseguindo suportar essa dor...

— Anna Lara, você fez o que tinha que fazer. Aliás, nós fizemos. Estou com você nessa decisão, lembra? Não tínhamos como criar um bebê nessas condições... você não fez nada de errado, ele não iria viver uma vida decente mesmo! Ele ia preferir a morte a viver assim... atrofiado e aleijado!

— Meu Deus! Como você tem coragem de falar assim?

— Acabou, Anna Lara! Acabou. Vamos viver a nossa vida e virar essa página. Vou te dar um comprimido para dormir. Tome um agora e tente dormir um pouco...

— Você vai embora?

— Não, minha gata... vou ficar aqui, cuidando de você. Dorme tranquila... — E com um simples beijo na minha testa, diz: — Amanhã é outro dia. Essa tristeza vai passar logo, você vai ver. Qualquer coisa, estou aqui na sala.

Nem respondo. Não sei se o que sinto por ele nesse momento ainda pode ser chamado de amor ou se é uma doença. Ele ter insistido para que eu abortasse o nosso filho me deixa com muita raiva... seu toque hoje me enoja. Mais ainda, sinto nojo de mim por tudo que fui capaz de fazer em nome desse amor doentio. Sou fraca, fraca de personalidade, de caráter, de alma... Sou um ser pequeno, culpado de tudo o que não se deve fazer em nome do amor. E que amor é esse? Um amor que me arrebata de prazer e que me leva à beira da loucura. Que me torna capaz de fazer coisas horríveis... tão horríveis que não posso nem pensar... não, melhor não pensar mesmo! Vou tomar mais um calmante e dormir... dormir para esquecer...

Dez minutos depois e nada! Não estou conseguindo dormir e minha ansiedade só aumenta... falta-me ar nos pulmões. Tento puxar o mais forte que posso, mas nada. Parece que alguma coisa não foi bem no procedimento de aborto. Ou é a minha mente que está começando a me confundir. Sinto-me gelada e minhas mãos suam sem parar. Resolvo tomar mais um calmante, ou melhor, dois. Vou até a janela e acendo um cigarro de maconha. Fico tão hipnotizada pela imensidão do mar que está à minha frente que penso em me jogar nesse azul profundo. Penso em voar e acabar com esse sofrimento. Tantas coisas nos prendem a esta vida, e tão raras são as vezes em que realmente somos felizes! Somos tão pequenos e insignificantes!

Resolvo buscar meu talismã, minha pequena e ordinária margarida, guardada há anos dentro do meu velho diário. Ela está apodrecendo... apodrecendo como nosso amor. Está suja e despedaçada. Não se notam mais suas pétalas acinzentadas, só a poeira que reveste o centro preto, antes originário da fertilidade, assim como ovários com abundância de óvulos, e hoje um ovário morto... lembro-me de ter estudado a origem das plantas, em um curso de jardinagem que fiz com minha mãe logo depois da morte da Caroline. Interessei-me pela composição da margarida, uma flor um tanto sem graça, cercada por milhões de possibilidades em seu interior. Descobri que a bolinha amarela do centro não é propriamente uma "bolinha", mas, sim, várias pequenas flores que se chamam "flósculos", e que dentro de cada um dos flósculos estão os órgãos reprodutivos da margarida: o "pistilo" e os "estames", onde nasce a vida. As pétalas recebem o nome de "brácteas" e, mesmo sem aparente serventia, são as responsáveis por embelezar a flor. Sem elas, as brácteas, os flósculos não seriam notados e, mesmo com toda a sua capacidade de procriação, seriam apenas um aglomerado de pequeninas flores sem nenhuma importância. Entendi, então, que "flósculos" e "brácteas" se complementam, cada um em sua natureza, com seu propósito individual, mas que, somente juntos, formariam uma unidade, se tornariam uma margarida de verdade...

Penso que a margarida não mais possui serventia e jogo seus restos mortais pela janela. Jogo-os junto com meu filho Miguel, que foi atirado vivo em uma lata de lixo... ensanguentado e indefeso. Vítima de uma assassina...

A imagem das suas costas se movimentando em um frenético movimento em busca de ar não sai da minha mente. Algo não correu bem com a anestesia e eu estava semiconsciente no momento em que o tiraram de mim. Consigo vê-lo ali, jogado na mesa de inox ao lado da minha maca no centro cirúrgico. Estava coberto de sangue, assim como a oferenda que vi no Centro da Mãe Dalva. O corpo do animal usado para aliviar a dor de um desconhecido agora se parecia com o corpo do meu filho, atirado para a morte, para aliviar a minha própria dor e a minha vergonha.

Olho para a cartela de Lexotan e resolvo terminar ali mesmo com minha angústia. Não sou mais um ser digno de viver em um mundo em que escolhi a morte para meu próprio filho. Nunca me senti tão só, tão... só!

Quando acabo de tomar as cápsulas, vejo a "moça" aproximar-se. Ela não está com seu vestido vermelho ofuscante, mas, sim, com um vestido negro rasgado, cheio de pó cinza sobre o tecido. Seus olhos amarelos parecem mais brilhantes que o normal e sua expressão está bem séria. Ela se abaixa e me beija o rosto suavemente. Sinto uma lágrima molhar minha testa e percebo que estou em seus braços, cercada por várias criaturas estranhas, todas com aspecto de indigentes, todas querendo me tocar. Sinto medo e me agarro nela, implorando que me salve... de repente, caio em um sono profundo, de onde não consigo reunir forças para sair.

Acordo em uma cama de hospital no meio de um grande corredor sem luz. Ah, não! Estou dentro daquele sonho de novo! Ergo a cabeça e me reclino um pouco mais para me sentar na cama. Pessoas passam por mim com aventais brancos sujos de sangue. Todos os pacientes estão sujos de sangue! Eles parecem andar em câmera lenta, como se estivessem embaixo d'água.

Saio da cama com dificuldade e consigo ficar em pé. Meu avental está cheio de sangue na região abaixo da minha genitália. Sinto fortes dores abdominais e meu corpo insiste em ficar curvado. Vou andando lentamente pelo corredor até alcançar a última porta. Quando consigo finalmente alcançá-la, vejo um grande berçário fechado com uma divisória de vidro. Me aproximo do vidro e vejo dois bebês ali. Um está sorrindo para mim, o outro está todo coberto com uma manta branca. O que está sorrindo é lindo, forte e com olhos bem azuis. Se parece com o Jota, mas com olhos azuis... de repente, a enfermeira, que está de costas, se vira e me olha. É ela, a "moça". Com seus cabelos curtos bem negros e sua enorme cicatriz na bochecha direita, ela se aproxima dos bebês. Imagino que ela vá me entregar o meu bebê, o que está sorrindo para mim. Em vez disso, ela retira do berço o bebê que está enrolado na manta e o segura nos braços. Vejo uma mulher de costas, completamente nua e com cabelos em chamas se aproximar do outro bebê. Não! Ela o retira do berço e sai em disparada. Não consigo ver seu rosto, somente as brasas do fogo de seu cabelo que continuam a nevoar o berçário. Me preocupo com o outro bebê, o que está sob a manta, pois deve estar sufocado com essa fumaça, sem conseguir respirar direito...

Faço gestos para que a "moça" abra a manta e o deixe respirar. Ela faz sinal negativo com a cabeça. Insisto, já me enervando. Sem alternativa, ela consente e começa lentamente a abrir a manta. Ele está todo ensanguentado, com seu lânguido corpinho malformado, cabeça desproporcional para o conjunto do corpo. Seus membros são bem curtos e faltam-lhe mãos e pés. É uma aberração, um monstro! Eu tento gritar, mas minha voz não sai. Percebo que ele não se mexe, está morto. Sinto uma pontada na minha barriga, algo não está bem... A dor é insuportável, começo a me abaixar e muita água sai por entre as minhas pernas. Começo a ver pedaços de carne saindo, provavelmente as partes do monstro que ficaram dentro de mim... Sinto uma dor mais forte e agora um objeto grande começa a sair... É um pedaço de carne amórfica; parece um "órgão", parece um... Útero! Meu útero! Não! Estou perdendo meu útero!!! Deus!!!

Acordo dias depois com muita luz no meu rosto.

— Anna Lara! Graças a Deus! Meu amor... Como você está?

— Jota? O que aconteceu? Onde estamos?

— Calma, meu amor... estamos no hospital... você ficou em coma...

— O quê? Coma? Por quanto tempo?

Nesse momento, Jota aperta a campainha vermelha que está pendurada em cima da minha cama. Em exatos cinco segundos entram dois médicos, seguidos pela minha mãe e a tia Amélia.

— Mãe!

— Minha filha! Graças a Deus! — Recebo um longo abraço com um choro sufocado dentro dele. Seus cabelos crespos tocam meu rosto e sinto novamente aquela sensação boa de ter a minha mãe cuidando de mim. Seus olhos azuis me trazem calma, me resgatam e me trazem de volta... com um grito igualmente sufocado eu a chamo agora e por todo o tempo em que não a chamei. Eu a quero muito. Muito mais do que jamais imaginei que iria querer a sua presença... eu preciso dela. Preciso que ela me faça renascer. Quero ser a Anna Lara de antes...

— Mãe! Mãe! — E um choro incontrolável sai do fundo da minha alma suja. Sou eu quem entrou nessa espiral e agora não consigo mais sair... onde está o caminho de volta?

Um médico com rosto enrugado, calvo, com olhos bem claros e aparentando ter saído de um seriado de médicos de algum canal de televisão, começa a falar:

— Anna Lara, bom dia. Bem-vinda de volta. Você está em um hospital. Como está se sentindo?

— Meio estranha... tonta. Minha cabeça dói um pouco...

— Certo, é normal que se sinta assim, afinal, você esteve em coma por quatro dias. Encontramos no seu sangue uma alta dosagem de calmantes, somada ao resto de anestesia geral que ainda estava no seu organismo, devido ao procedimento de aborto que você realizou. Podemos dizer que você teve muita sorte, Anna Lara... A propósito, sou o Dr. Plínio Araújo, ginecologista-obstetra, e essa é a Dra. Mariana Kauffmann, psiquiatra. Vamos cuidar de você daqui em diante, ok?

— Sim... doutor, meu útero? Meu útero está bem? — Um pânico envolve minha voz e minhas mãos ficam trêmulas. Não quero ouvir que perdi o meu útero! Que agora não poderei mais ter filhos e que esse é o preço que eu vou ter que pagar por ter assassinado um inocente...

— Anna Lara, sinto dizer que tivemos que remover seu útero. Ele estava necrosando. O procedimento do aborto não foi bem-sucedido e você correu sério risco de morte. Mas tentamos minimizar ao máximo os danos no seu organismo e optamos por uma histerectomia parcial, que significa que removemos o seu útero, mas preservamos seu colo uterino para reduzir as chances de incontinência futura, e também preservamos seus ovários e trompas de falópio.

Uma dor profunda me arrebata e percebo que estou sendo castigada por ter assassinado meu próprio filho, arrancando-o do meu útero maldito. Esse útero apodreceu junto com meu Miguel e nunca, nunca mais vou poder gerar uma vida dentro de mim.

— Então é isso? Não vou poder ser mãe? Nunca mais? — E um pranto sem fim começa a tomar conta de mim...

— Anna Lara, podemos dizer que você não poderá "gerar" uma criança. Mas você poderá ser mãe, sim. Você tem seus óvulos intactos e pode recorrer a uma "barriga de aluguel". Ou mesmo adotar uma criança... mas, o importante, neste momento, é pensarmos na sua recuperação. Você passou por um problema muito sério de saúde, Anna Lara. Podemos dizer que você teve muita sorte em estar aqui conosco agora.

Um desespero enorme toma meu corpo. Sinto vontade de vomitar. Seguro meu ventre em um gesto de pedido de misericórdia. Não aguento tanto sofrimento. Meu Deus! Deus!

Nesse momento, olho para o lado e vejo o rosto petrificado da minha mãe, revelando todo o horror e angústia que acabara de viver nesses dias em que estive em coma. Sem conseguir dizer palavra alguma, ela se aproxima novamente de mim, agora com lágrimas nos olhos, e coloca suavemente a mão sobre meus ombros. Percebo sua dor e me envergonho como se fosse uma menininha de cinco anos... lembro-me de uma Anna Lara que gostava de dançar, que sonhava em ser bailarina. Recordo-me da vó Lia, das omeletes que ela fazia para mim, das histórias da fazenda de Minas, de onde ela veio, das noites em que dormia tranquila na sua cama... lembro-me dos momentos bons... mas me lembro também do sangue no banheiro. Do sangue sujo, sangue da morte. Lembro-me agora que o Agnaldo estava me chamando pela casa e que eu queria esconder esse sangue dele e da vó... mas não me lembro de mais nada. Como sempre as minhas lembranças vão até esse ponto. E agora elas surgem de novo...

Um grito tira-me das minhas lembranças e do abraço apertado da minha mãe:

— Você podia ter morrido, Anna Lara! E o que eu iria fazer da minha vida sem você? — Pela primeira vez vejo meu marido chorando como uma criança, sem o charme sedutor e olhar seguro. O meu Jota está aqui, no canto da cama, com as mãos pousadas sobre meus pés gelados e a cabeça um pouco baixa, como se suplicasse pelo meu perdão. Ele parece que irá explodir a qualquer momento. Está com enormes olheiras e o cabelo desgrenhado. Parece não dormir há dias... mas não quero pensar nele! Não quero saber dele agora! Estou com ódio, muito ódio!

— Ei, Jota! Calma... a menina acabou de despertar... você tem que cuidar dela, e não o contrário! — diz tia Amélia com seu tom ríspido usual. Ele faz um gesto com a cabeça concordando e aproxima-se de mim. Minha mãe imediatamente se afasta, demonstrando toda a sua ojeriza a ele.

— Anna Lara, sei que é difícil, mas o importante agora é cuidarmos da sua recuperação. — O telefone do Dr. Plínio toca. Ele olha para a chamada e se despede educadamente: — Bom, vou ter que deixá-los na companhia da Dra. Kauffmann porque tenho que atender a uma chamada urgente. Anna Lara, nos vemos hoje ainda, à noite. Qualquer problema, minha equipe estará à sua disposição. Bom dia a todos. Com licença.

Jota desliza seu dedo suavemente pelo contorno externo da minha orelha, em um gesto usual que sempre antecede o nosso sexo sujo e pervertido.

— Meu amor, eu estou aqui, ao seu lado. Vou cuidar de você...

Imediatamente viro a cara em sinal de repulsa e digo:

— Fique longe de mim!

Ele, desapontado e constrangido, abaixa a cabeça e afasta-se um pouco. Nesse momento, a Dra. Kauffmann se aproxima, ajeita os cabelos cor de cobre atrás da orelha, me olha com seus olhos azuis transparentes e suas sardas protuberantes e, com toda a calma, diz:

— Anna Lara, posso te chamar de "Anna"?

Consinto com a cabeça e ela continua:

— Seu marido esteve aqui todo o tempo. Ele foi incansável em buscá-la, onde quer que você estivesse... sei que você está passando por um momento difícil, e estamos todos aqui para ajudá-la.

Não gosto do que escuto, mas entendo que esta doutora nada tem a ver com meus problemas com o Jota. Ela nem sabe deles...

— Eu gostaria de propor algumas sessões de terapia para avaliarmos melhor o seu estado psicológico, se você estiver de acordo... — conclui a doutora.

— Não! Eu não quero... desculpe, mas eu não quero fazer terapia.

— Você é obrigada, Anna Lara! Não tem escolha! Não percebe que está sendo tratada como provável suicida?! Dá para entender?!

Com as mãos levantadas, a Dra. Kauffmann pede calma:

— Não podemos pressioná-la. Vamos fazer o seguinte, Anna: quando você se sentir confortável em conversar, começamos a nossa sessão, ok? Mas até esse momento, teremos que mantê-la em observação e sob os cuidados de um responsável. A decisão é sua...

Entendo as palavras de Jota e rendo-me à situação:

— Está bem, se é para que eu seja "livre", então, aceito fazer a terapia!

— Muito bem, então podemos começar amanhã mesmo, na parte da tarde. Agora tenho que atender outros pacientes, mas, se precisar de qualquer coisa, por favor, me chame. Vou deixar meu número de celular aqui, ao lado da sua cama. Se você se sentir mal, com dúvidas ou se, simplesmente, sentir vontade de falar, eu peço que me ligue, ok? — Consinto com a cabeça e ela vai embora.

— Minha filha, estou aqui e estarei sempre ao seu lado para ajudá-la nos momentos difíceis. Você quer que eu fique aqui com você? — Sinto a voz da minha mãe tensa e sua respiração ofegante.

— Mãe, eu sei disso, mas quero ficar com meu marido. Vou ficar bem, não se preocupe. — Jota sorri triunfante e minha mãe, resignada, se abaixa e me beija na testa. Sinto uma lágrima pingar em meu rosto e fecho os olhos para que ela não veja as outras milhares de lágrimas se formando em uma imensidão de dor.

Tia Amélia também se oferece para ficar ou revezar com o Jota, se ele quiser, mas ele recusa. Elas vão embora e ficamos eu e o Jota.

Sinto cheiro de sálvia e imagino que ela deve estar por aí, mas não a vejo, o que de certa forma me agrada...

— Você preferia que sua mãe estivesse aqui, Anna Lara?

— Se eu preferisse, teria pedido a ela que ficasse... não me cansa, Jota!

— Fiquei feliz por você ter optado por ficar comigo.

— Só quero poupá-la. Não posso deixar que ela se estresse, com a saúde do jeito que está. Além disso, ela vai querer conversar, vai querer que eu fale sobre o aborto e eu realmente não quero falar sobre isso. Acho melhor não falar sobre nada a respeito da minha vida, principalmente, sobre nós...

— Por quê? Somos tão ruins assim juntos?

— Somos pervertidos, Jota. Temos uma vida diferente do que minha mãe sonhou para mim. Somos errados em tudo...

— Não somos, não!

— Ok! Então, você acha que ela gostaria de saber que, na época da concepção desse bebê, havia outros homens compartilhando meu corpo?

— Acho que aí a velha ia enfartar de vez! — ele fala em tom irônico de deboche... Estava demorando para aparecer o meu Jota canalha! Mas, mesmo com raiva, não consigo conter um pequeno riso importuno e começo a rir. Jota também ri e, por um segundo, sinto-me confortável de novo com meu marido, meu parceiro de vida e de putaria.

Capítulo 2

Passados dois dias desse inferno, finalmente, vou receber alta e poder voltar para minha casa. Mas, na verdade, não sei se quero voltar para a *minha casa*. Essa casa que nunca foi minha, que foi comprada com o dinheiro do Jota. Essa casa que só me fez infeliz desde o dia em que nos mudamos para ela. E eu pensava que teria a oportunidade de começar uma linda história ao lado do meu "Jota Jr"... Só pude presenciar todo o horror dessa vida promíscua e suja a que me submeti durante anos! E, agora, não tenho forças para desamarrar os nós que eu mesma atei.

Quero sair deste estado de "parasitismo", como disse a Dra. Kauffmann, mas a verdade é que não sei como nem por onde começar. Só sei que sinto vergonha. Sinto vergonha de quem eu me tornei. Vergonha de toda a promiscuidade a que me dediquei, vergonha da minha relação suja com esse homem que não consigo mais nem olhar nos olhos. É como se eu fosse uma outra pessoa... eu hoje, simplesmente, não consigo olhar direito para o Jota. Não sei o que pensar, só sei que tenho uma repulsa a ele e não consigo evitar. Esse corpo que já desejei tanto, esse sorriso, esse cheiro... tudo agora me enjoa, me cansa. Ele está deixando que o tempo passe e que eu volte a ser a sua Anna Lara de sempre. Mas acho que isso nunca mais vai acontecer... quanto mais o tempo passa, mais me sinto livre. Livre dele e da obsessão dele...

Estou sozinha, mas, de repente, percebo alguém no canto do quarto me observando... quando olho não há ninguém, mas o copo de plástico cai da mesinha de apoio mesmo sem ter nenhum vento aparente para deslocá-lo. Deve ser "a moça" me vigiando. Mas não consigo vê-la... a Mãe Dalva foi bem clara quando me disse que eu tinha que cortar os elos com toda a energia que me arrastasse para baixo. E eu pensei mesmo que a culpa fosse dela, da "moça", mas, depois que a vi me segurando no chão do meu quarto, não posso achar que ela é meu câncer, meu mal. Percebo agora que tudo o que ela fez foi para me ajudar, me "salvar". Não consigo mais vê-la, mas ainda posso senti-la. Sinto-me protegida por essa energia, e esse sentimento me conforta. No meio da minha tormenta, tenho um abrigo para resguardar meu corpo sujo e cansado.

Hoje entendo que todos os remédios que tomei durante a minha adolescência foram mesmo um erro do Dr. Ulisses. Ele era um médico cético e nunca acreditou na possibilidade de existirem outras formas de vida, sem necessariamente utilizarem carne e sangue. Ele só acreditava no que está nos livros da ciência, assim como minha mãe, que só coloca verdade nas palavras da bíblia da sua religião. São todos prisioneiros do caminho que escolheram, reféns da própria crença. Não posso fingir que não tenho raiva porque tenho. Tenho raiva de ter sido submetida a todo tipo de tortura física e emocional para acreditar no que eles acreditavam. Sou mais vítima ainda porque sofri as consequências da crença equivocada dos outros. Sou a prova viva de que não existe o certo se, na verdade, não conhecemos o todo. Somos seguidores de seitas e mandamentos, frutos de deduções simplórias da parte que nos é possível enxergar. Somos todos escravos da vida... dessa vida da qual tentei fugir, mas que não me permitiram...

— Ei, "moça"? Eu quero falar com você! Por que você não aparece mais para mim?! O que aconteceu? Moça?!

A porta se abre. Deve ser o Jota, que veio me buscar. Não! É o Ricardo.

— Que bom que é você, Ricardo! — Não consigo me conter ao vê-lo ao meu lado e desabo a chorar... choro muito, sem parar.

— Calma, Lari... calma. O pior já passou. Com quem você estava gritando? O que aconteceu?

— Nada, Ricardo... estava tendo um pesadelo, só isso.

— Entendi... bom, Lari, soube que você vai se consultar com a Dra. Mariana Kauffman e posso te dizer que ela é muito competente, conheço bem seu histórico profissional. Pode ficar tranquila que você está em ótimas mãos! Já conversei com ela e pedi para colocar essa última conversa com você para outro dia, para você poder descansar hoje, ok?

— Obrigada, Ricardo. Melhor assim.

— Vai se consultar com ela daqui em diante?

— Preciso?

— Precisa, Lari... a terapia vai ajudá-la nesse momento.

— Então por que você não pode ser meu psiquiatra?

— Não posso, Lari... temos muita intimidade. — Nesse momento, percebo seu arrependimento por dizer essas palavras e ele, imediatamente, se desculpa com um suspiro forte e uma rápida passada de mãos em seus ralos cabelos loiros... — Quero dizer, não tem como... Você sabe, o médico não pode ser um "amigo". — Um silêncio sepulcral toma conta do pálido quarto de hospital, e nossa respiração torna-se mais forte que o som de passos e vozes que vêm do corredor. Ele hesita, mas não se contém e resolve quebrar esse estado de ânimo: — Eu preciso lhe dizer uma coisa, Lari... E não sei por que, mas me deu vontade de lhe falar agora...

— O que foi, Ricardo? — Nesse momento Jota entra no quarto.

— Ricardo! Que surpresa! O que você está fazendo aqui? Veio analisar a cabeça ferrada da minha mulher também?!

— Pare com isso, Jota! O Ricardo é meu amigo. — Uma ponta de sarcasmo não me deixa fugir do trocadilho infeliz e acabo falando demais. — Aliás, meu "amigo íntimo", como você bem sabe!

Ricardo imediatamente interrompe a conversa com seu equilíbrio típico de psiquiatra:

— Vamos parar com isso, gente... somos todos adultos. Vamos tentar relaxar... só vim ajudar. Tudo bem, Jota?

— Tudo, Ricardo, e você? Está trabalhando aqui neste hospital?

— Não, não estou. Só vim mesmo ver a Anna Lara — ele responde com um tom bem mais sério. Nesse momento, os dois parecem dois pitbulls se enfrentando em um ringue de luta de cachorros. Os dois realmente não conseguem mais se entender depois que nós três passamos por essa experiência sexual juntos. Ricardo é amigo de infância do Jota, da parte da sua vida paulista. Estudaram juntos em um colégio judeu até a adolescência do Jota, quando ele se mudou para o Rio. Voltaram a se encontrar após a morte do pai do Jota, quando ele se revoltou contra tudo o que fazia parte da vida pregressa dele e resgatou os antigos amigos judeus, pertencentes à nata da sociedade influente.

— Bom, voltando ao tema da terapia, Lari, sugiro que siga o tratamento à risca. E a Dra. Kauffmann é muito boa mesmo. Conheço a Mariana desde a época de faculdade, nos formamos juntos... me lembro que ela era um gênio, todos a endeusavam na faculdade.

— Por quê? A ruivinha é inteligente? — pergunta Jota com um ar interessado...

— Também, ela sempre foi a melhor aluna da turma, com CR 9,8. Mas a desejavam porque ela era praticamente "intocável".

— Como assim? — pergunto já me contorcendo de curiosidade.

— Ela é uma "Kauffmann", uma das famílias judias mais ricas do Rio. E, além disso, nunca ficou com ninguém na faculdade toda. Todos queriam namorá-la, mas ela nunca quis. Diziam que era homossexual, mas não me parece...

— Bom, podemos descobrir se gosta da fruta... sempre tive curiosidade para ver pentelhos ruivos naturais! — Jota fala em um tom mais debochado ainda.

— Respeite a sua mulher, seu babaca! — retruca Ricardo

— Parem com isso vocês dois! Ricardo, é o jeito do Jota.. Ele não falou por mal, por favor...

— Ok, Lari. Já entendi. Bom, vou deixar os "pombinhos" a sós e vou embora. Tenho muito trabalho ainda — Ricardo fala, já se levantando e estendendo a mão em direção ao Jota, que, prontamente, saúda-o com seu mais lindo sorriso de macho alfa vencedor.

Quando Ricardo finalmente vai embora, sinto novamente o cheiro de sálvia. O cheiro dela, envolvendo e perfumando todo o ambiente.

Finalmente, chegamos a casa. A sala está com o mesmo ar de casa em final de obra... O sofá em L de couro preto, no meio da sala, posicionado em frente à televisão de 65 polegadas, e os vários quadros gigantes do Jota espalhados pelo chão da sala... percebo que ele nunca vai realmente pendurar esses quadros. Porque, simplesmente, ele não quer. E agora entendo isso... a dinâmica dele é esta: alguma coisa sempre tem que estar "fora dos eixos"...

Entro no nosso quarto. Temos espelhos em ambas as portas de correr do armário, que está estrategicamente posicionado em frente de nossa cama. A televisão é sustentada por um tubo de aço inoxidável trazido de Milão, em uma perfeita harmonia com a cabeceira da cama, também feita com o mesmo material. No canto do quarto, está a poltrona velha do pai do Jota, com o couro marrom velho e desgastado, já apresentando pequenos rasgos nos braços e no assento. Jota não me deixa remodelá-la, pois diz que é a lembrança mais próxima que tem do seu pai. Não sei por que, mas jamais gostei dessa poltrona... algumas vezes, quando estou distraída, tenho a impressão de que alguém está ali, me olhando. Me dá calafrios sentar nela...

Resolvo abrir a janela. Apesar de lateral, a vista do mar é linda e infinita. Esse mar, que sempre me limpou e que sempre me energizou, agora me deprime... sou eu quem realmente tem que mudar, que quer uma nova chance da vida. Eu quero que esse mar traga de volta meu filho! E quero que o traga inteiro e não por partes... não quero um filho para ser motivo de vergonha, quero um filho para me trazer felicidade. Quero ser feliz.

Jota entra no quarto.

— Anna Lara, vamos comer alguma coisa? Está com fome? Estava pensando em pedir um japa, que tal?

— Pede qualquer coisa, Jota... por mim tanto faz.

Uma hora depois, Jota me chama. Ele pediu comida japonesa, a nossa preferida. Jota é um fanático por alimentação natural e, como quase todo "natureba", acabou colocando a comida japonesa no patamar de "quitute preferido", ou "luxo permitido".

Percebo que ele usou o nosso conjunto de porcelana japonês original, comprado em um brechó japonês em São Paulo, e acendeu todas as velas que temos pelo apartamento. O apartamento, apesar de ser enorme, quase não tem móveis e, além dos quadros apoiados no chão, ainda há várias velas de distintos tamanhos posicionadas estrategicamente entre os quadros, o que, muitas vezes, me dá a impressão de estar no meio de uma sessão do Centro Espírita da "Mãe Dalva"... apesar disso, gosto da decoração descolada da nossa casa.

Jota costuma misturar objetos antigos com peças contemporâneas. Um dos seus mimos é a vitrola Jukebox anos 50 de uma lanchonete americana, que ele arrematou em um leilão na Califórnia. Ao lado dela, está o conjunto de bar marroquino com todos os tipos de whisky mais caros existentes na bodega privada de um fanático colecionador. O contraste de todas essas peças valiosas e antigas está na iluminação de led, com desenhos entrelaçados no teto de gesso com diferentes rebaixes, formando uma outra obra de arte acima das nossas cabeças. A TV é outro destaque moderno, que destoa da bancada branca de pedra sabão marroquina de 1760. Na varanda, em vez de móveis de fibra ou madeira, estão as duas poltronas estilo Luiz XV, entalhadas a mão e com tecido espanhol campeão da feira de móveis de Madri. Ali, com a vista eterna do mar, na praia do Leblon, é o local onde ele medita todas as noites em que está em casa. No seu copo da Tiffany, que possui suas iniciais "JFTJr" (José Francischini Tavares Júnior), ele derrama o seu Blue Label e sorri para mim, me esperando... Acende uma "guimba" de maconha e me come. Todo dia, só que em diferentes posições e contextos. Pelo menos uma vez por semana estamos acompanhados de outros casais ou simplesmente de alguma "amiga" do Jota.

Voltando ao nosso jantar, noto que alguma coisa não está bem... não sei se o cheiro das velas aromáticas ou o cheiro do gengibre...

— O que foi, Anna Lara?

— Não sei, Jota... tô meio enjoada... Acho que esse cheiro de...

— De quê? Das velas? Do japonês?

Isso! Do japonês! Ou melhor, da carne crua... do atum cru. A carne crua que me lembra morte, que me lembra aborto. Essa carne crua que nunca mais entrará na minha boca. Saio correndo em direção ao lavabo para vomitar tristeza, desilusão...

Capítulo 3

No dia seguinte, Jota me acorda com café na cama. Ele tinha uma reunião importante, mas desmarcou para ficar comigo. Ele nunca tinha feito isso antes. É bastante obstinado com seu trabalho, desde que assumiu o posto de CEO da Tevron TV, a emissora de Canal Fechado criada pelo pai, o poderoso José Tavares.

Quando jovem, ele assumiu o papel de apresentador do programa de Esportes Radicais, feito especialmente para ele, que é viciado em adrenalina. Garoto rico, nascido e criado com todos os recursos e cartões de crédito capazes de comprar tudo e todos, Jota Jr sofre há anos de uma doença incurável: a *limitless disease*. Essa doença, certamente herdada do seu pai, mas com uma boa contribuição da sua mãe, a socialite paulista Elisabeth Spielberg, dona da famosa rede de Estética BB Spa & Estética, conseguiu fazer do meu Jota uma pessoa totalmente compulsiva pelo que a vida tem a dar nos seus extremos mais absolutos. Ele não podia ser bom ou muito bom em algo, tinha que ser o melhor. O segundo lugar na vida não estava destinado a ele, somente o primeiro lugar serviria. Foi criado para isto: para ter sucesso absoluto e representar o ponto de equilíbrio perfeito da sua desestruturada família rica. E se não conseguisse o primeiro lugar? Comprava um. De primeira classe. Foi assim que o Jota suportou ver seu pai trocar de parceiras por toda a sua vida como quem troca de roupas. Foi assim, fazendo todos os esportes mais doidos e perigosos, que ele suportou ver sua mãe se afundar em drogas e tratamentos estéticos. E foi assim que ele, um menino perdido, encontrou-se no meio de todo o caos da sua vida: nos extremos.

Um dia, estava superdeprimido e afundava seu nariz em carreiras intermináveis de cocaína, no outro, estava feliz, tão feliz que tinha que desafiar a natureza, virar de cabeça para baixo em busca de novos recordes, de novos desafios. Acho que ele desafiou a vida, por não gostar realmente dela, da forma que ela se apresentava a ele. E desafia-a todos os dias, até hoje. O medo é seu maior amigo, é "ele" quem lhe dá coragem para seguir em frente. Sem medo, o Jota fica muito pequeno, perdido. O medo é seu alimento, sua força para continuar a desafiar sua "maldita sorte".

Mas ser o primeiro em tudo nem sempre esteve nas metas de vida do conturbado "José Francischini Tavares Júnior"... Jota revoltou-se durante a adolescência e passou a negar todas as possibilidades que a vida lhe oferecia. Nesse período, não queria ser o melhor e, aparentemente, contentava-se em não ser nada, um ninguém no meio da multidão. Acho que foi sua forma de se expressar negativamente a todo o luxo que sua família tinha a lhe oferecer. Uma forma de dizer "não" às referências de seus pais. Pediu para sair do colégio "Beit Yacoov", um dos mais conceituados colégios judaicos de São Paulo, tradição de estudos da sua família materna, e terminou os estudos em um colégio supletivo de segunda linha, especializado em filhos-ricos mimados que não gostavam de estudar. Depois concluiu a faculdade de administração de empresas em uma Universidade particular, também mediana, e assim conseguiu se formar, quase que por sorte. Nesse período, pouco estudou e só conseguiu se dedicar aos esportes e a todo tipo de esteroide que pudesse lhe inflar os músculos. Sua sorte foi a excelente base de conteúdo, que possuía dos estudos até os 14 anos em São Paulo, e sua ampla bagagem cultural adquirida durante a infância, que lhe possibilitaram destacar-se dos outros alunos, apesar de seu desinteresse pelas matérias didáticas.

Viveu nesse momento em uma realidade paralela, onde todo e qualquer subterfúgio fútil sobressaía-se à aventura de explorar culturas antigas e toda forma de arte reconhecida. Mais valiam-lhe as obras criadas a partir de lixo reciclado feitas por ex-indigentes drogados, que tentavam refazer a vida criando valor a partir do nada. Era um nada que preenchia o corpo musculoso do surfista de Maresias, um monte de ar com essência de haxixe, skank e maconha de primeira que inflavam os pulmões dele, que nunca mesmo soube diferenciar a qualidade de um Malbec e de um Shyraz...

E, com isso, foi levando sua via de playboy paulista, curtindo noitadas alucinantes, viagens à casa de Angra da família, com direito a passeios no "Spielberg III", um iate de última geração, comprado pelo pai, em uma feira náutica de Milão, e trazido para o Brasil, em uma trajetória que mais parecia uma saga do filme "O Senhor dos Anéis"... Passava temporadas na Europa, curtindo as praias da costa espanhola e tocando como DJ, em suas próprias festas promovidas em sua casa de Ibiza, na Ilha de Mallorca.

Passou anos escondendo-se nessa redoma, assumindo uma identidade que não lhe pertencia. No fundo, estava ansioso para o dia em que seria chamado à vida, retornando da escuridão do seu marasmo para uma vida ativa e produtiva. Tinha raiva de seu pai pela vida que ele levava e, ao mesmo tempo, tinha vontade de ter a mesma vida. Sua raiva era fruto de um idealismo. Amava-o tanto, tanto, que não conseguia assumir seus gostos diferentes dos dele. Esperava ansioso pelo dia em que pudesse assumir a identidade dele, seu mestre.

Quando José Tavares faleceu, Jota tinha somente 26 anos de idade. Como não tinha irmãos, foi obrigado a assumir o posto de CEO da emissora. Com tanta responsabilidade desde cedo, ele se tornou uma pessoa excêntrica, um jovem milionário, lindo e esportista.

Dentre suas fraquezas, destacava-se a sua limitação cultural, em função da sua negação aos estudos para levar uma vida "fora dos padrões exigidos". Entendeu que precisava mudar. E mudou. Foi obrigado a absorver doze anos de cultura europeia em dois anos de vida intensa. Passou um ano na Inglaterra, no apartamento de um tio, para se recuperar da perda do pai e receber um pouco de cultura inglesa. Precisava reter algum conhecimento que lhe garantisse uma entrada para frequentar as altas rodas sociais europeias. Dinheiro tinha, faltava-lhe status, polimento. Sabia o básico que herdara da sua mãe, uma socialite paulistana proveniente de uma "família de pedigree judaica", mas, ainda assim, fazia-lhe falta o código para acessar a "nata" da sociedade. Refez-se. Aprendeu a falar como um *lord*, a negociar como um libanês e a portar-se como um empresário. Aprendeu a ser um homem de sucesso, escondendo dentro de si toda a sua fragilidade emocional e despreparo.

Ainda hoje, antes de uma reunião importante, suas mãos suam e falta-lhe ar. Resolve o assunto em seu banheiro com uma fina carreira de cocaína. Mantém-se sóbrio com um Blue Label sem gelo nas mãos. Aprendeu a controlar-se com seu tio, que o introduziu no mundo dos adultos bem-nascidos. E aprendeu a ser homem com sua tia, que o introduziu nas orgias secretas da alta sociedade promíscua inglesa.

VOLTANDO AO CAFÉ...

Sento-me na cama esperando a bandeja com os meus quitutes preferidos: café preto bem forte e amargo, sem nenhuma gota de açúcar, tapioca com queijo amarelo e ovos mexidos com muita manteiga e sal. Realmente meu marido está se superando... ao lado está um copinho de licor com uma pequena margarida, recém-tirada do nosso vaso de margaridas. Nunca fui muito sentimental, mas esse gesto me deixa mesmo comovida. A nossa pequena e ordinária flor... Ao lado mais uma de suas poesias:

"Efêmero
O medo que existe não é de você ou de mim. É do
amanhã que nos espera na esquina. Que torna
efêmero todo gesto de conquista e prazer. O
sexo com gosto de imoral só é imoral quando
existem novos caminhos a serem explorados. E
esses caminhos me levam a todos os cantos
do seu corpo, beijando cada centímetro mais
indecente do seu espaço mais privado. Nas horas
que antecedem o dia seguinte, não existem
barreiras ou limitações para tudo que é passageiro.
Mas sempre antes do dia amanhecer..."

E aí eu me derreto toda... esqueço-me do lado cafajeste, do sexo sacana, sem pudores e precauções físicas ou psicológicas. Esqueço tudo que é imoral e indecente. E só consigo pensar nele, que é minha vida, mesmo que uma vida assim tão complicada...

O dia passa sem pressa e nos divertimos na cama, sem sexo, só com carinhos e cafunés. Há tanto tempo que não fazíamos isso! Até de "Larica" ele me chamou por algumas vezes... O único apelido que ele conseguiu me colocar para os momentos em que estamos chapados de maconha e eu devoro tudo o que há na nossa geladeira... E agora era justamente um desses momentos:

— Larica, por que você não volta para as suas aulas de balé? Você fica tão mais relaxada quando faz balé... mais serena, mais tranquila. E mais gostosa também... — ele ri.

— Não estou com ânimo para dançar, Jota... não consigo nem fazer um "Demi plie"... Acho que, se tentar, eu caio de quatro.

— Nesse caso, eu vou adorar! — Nós dois rimos.

— Seu bobo! — E assim seguiu o nosso dia... Rindo de nós mesmos... unidos e felizes.

Realmente gostaria de voltar para o balé. Vou falar com a Carlota sobre a minha volta... talvez ela me dê uma turma para monitorar ou mesmo ensinar. Mamãe é louca por balé e música clássica. Colocou-me nas aulas de balé desde pequena. Lembro-me de que eu gostava das aulas, mas, depois que a "moça" começou a aparecer e observar-me, comecei a não querer mais frequentar as aulas. Mamãe obrigava-me a ir e chegou a brigar na academia por causa da misteriosa mulher. Essa mulher nunca foi encontrada. Acharam que eu inventara. Até um dia em que ela apareceu de novo, depois de um tempo grande sem me ver, e dançou uma música inteira comigo. A roupa dela era preta e não usava sapatilhas. Mas dançava divinamente, parecia inclusive flutuar. Encantei-me por ela e, desde esse dia, nunca mais tive medo. Combinamos de nos encontrar apenas nos nossos sonhos para que eu não parecesse "maluca" aos olhos de todos. Há tempos, entretanto, que não sonho com ela. Não sei para onde foi ou o que aconteceu. Não sei se o meu aborto a afastou dos meus sonhos... mas sinto falta dela.

No final do dia, Jota me sugere marcarmos um jantar no próximo final de semana com um casal de amigos "straight", ou seja, que não tiveram nenhuma intimidade sexual conosco. Vai ser bom, afinal é uma tentativa de voltarmos a ter uma rotina "normal"...

Vamos dormir como dois irmãos, sem nada de sexo. Melhor assim... Não estou pronta para retomar a minha vida sexual. Tudo é muito recente e foi fruto de muita putaria sem limites... quero esperar um pouco mais para retomar essa parte da minha vida. Pelo menos até a minha libido voltar — se é que ela um dia vai voltar.

Capítulo 4

No dia seguinte, minha mãe resolve me fazer uma visita. Ela tirou o dia para ficar comigo e desfazer o quarto do Miguel e todo o enxoval dele... A cena me dá muita tristeza e me remete a todo o horror que estou vivendo... ela se aproxima de mim, com seus cabelos crespos e claros envolvendo seu rosto fino e ovalado, segura minha mão com toda força e diz:

— Minha filha, você tem que ser forte para superar este momento de dor... sei o quanto você está sofrendo. Eu também já perdi uma filha. E uma filha linda, cheia de vida... sua irmã. Não quero fazê-la sofrer mais do que você já está sofrendo, mas quero lembrar apenas que a vida continua, Anna Lara. Depois da morte da Caroline, eu não sabia o que fazer... pensei até em me matar, mas o Marco Aurélio estava do meu lado, sempre. Ele nunca me deixou desamparada. Ele me mostrou que devíamos continuar a nossa caminhada. E hoje vivemos na Igreja. Foi a nossa fé que nos salvou. A fé em Cristo, Nosso Senhor. Só Ele, filha. Só Ele, o Salvador, poderá tirá-la desse sofrimento...

— Mãe, obrigada pelas lindas palavras! Mas eu não vou me converter, eu não tenho religião e prefiro continuar assim. Não duvido da sua fé, mas não quero que você, de novo, tente mudar a minha falta de fé...

— Minha filha, só falo isso para o seu bem. Sei que você está sob forte influência espiritual negativa... — Uma raiva repentina toma conta de mim e a minha dor se transforma momentaneamente em ódio. Ódio da vida e ódio dela, minha mãe evangélica, que não entende que neste momento de dor o que eu quero é silêncio.

— Você "matou" a sua filha??? Matou a Caroline?

— Não, mas...

— Então, não me fale que você entende o que eu estou sentindo, porque você simplesmente não entende! Meu filho não morreu, mãe! EU O MATEI. Matei meu próprio filho porque ele era deformado e eu não ia conseguir viver a minha vida inteira cuidando de um aleijado! Não consegui suportar esse fardo e me livrei dele! E não posso me sentir vítima porque eu sou a culpada, entende? Então não, não quero arrumar este quarto, não quero doar nada que tem aqui. Eu quero queimar tudo, para que o inferno se encarregue de conduzir o resto das coisas do Miguel para onde ele está: no inferno, que foi o endereço que eu dei para ele. O INFERNO!

Minha mãe se assusta com minha reação e, desviando o olhar, baixa suavemente a cabeça e começa a orar em tom bem baixo o "Pai Nosso". Essa atitude consegue me enervar mais ainda e, em um impulso repentino, começo a repetir a palavra "inferno" diversas vezes, só para poder enfrentar minha mãe e amedrontá-la mais ainda dentro dessa perspectiva de que eu estou "possuída". E grito bem alto:

— Quero que o inferno mostre suas portas porque eu não tenho mais medo delas! Eu não tenho medo, mãe. Não tenho medo do inferno porque é lá que vive o meu filho. Foi lá que o deixei e é lá que eu tenho que viver!

Minha mãe não resiste e, com um choro incontrolável, sai do quarto e da minha casa. Passo o resto do dia sem saber dela, mas realmente não me importo. Sabia que esse desabafo a levaria para longe de mim, mas, neste momento, longe é onde eu quero estar de todas as pessoas que sejam íntimas da minha vida.

O telefone toca, é a tia Amélia. De novo. Penso em como pessoas velhas adquirem o dom da insistência. Lembro-me dela bem mais despachada, bem mais na dela. Acho que o tempo e a solidão transformaram-na em uma pessoa carente. Penso se algum dia vou ficar como ela, velha, triste, sozinha. Penso se vou amargar o meu gosto pela vida, se vou quebrando em todas as esquinas e transformando-me na metade do que fui um dia. Tenho medo de enlouquecer. De sair da minha sanidade quase normal e transformar-me em uma mulher paranoica, dependente de remédios para dormir, para relaxar e para respirar. De certa forma, para respirar já tenho meu companheiro "Aerolin", que utilizo em vários momentos do dia, agora mais ainda, a cada dor ou a cada lembrança que acelere minha pulsação, a ponto de não mais conseguir absorver o ar que tenta adentrar o meu corpo. As vitórias das minhas angústias costumavam ser pontuais, mas transformaram-se em rotina desde que embarquei nesse caminho sem volta...

Jota fica sabendo da briga com minha mãe e tenta me consolar. Percebo que ele sente pena de mim porque sabe que o meu relacionamento com a minha mãe é complicado. Ou talvez sinta pena porque sabe que ele é o grande causador de toda a minha desgraça. Se não fosse por ele e sua louca obsessão por formas alternativas de atingir um prazer pleno, eu poderia estar melhor, talvez mãe de um filho saudável e vivo, talvez eu fosse uma pessoa "normal".

Elisabeth aparece no dia seguinte — foi o Jota que a mandou, tenho certeza! — e me convida para fazermos umas compras em São Paulo. A ideia é embarcarmos na primeira ponte aérea e seguirmos com Manolo — seu motorista — rumo a Oscar Freire para as compras. Volta e meia Elisabeth me busca para fazer compras em São Paulo. Como toda boa paulista metida, ela se recusa a sair por Ipanema com medo de ser assaltada. Acredita que o Rio não passa de uma cidade praiana e subdesenvolvida. Na verdade, sair para fazer compras é tudo o que eu não quero neste momento, mas Elisabeth está sendo tão gentil comigo que fico constrangida em não aceitar seu convite. E pensar que uma nova bolsa da Chanel fará parte do cenário do meu closet deixa-me realmente sem alternativa...

Saindo do elevador, encontro minha mãe em pé, esperando para subir. Ela me dá um longo abraço, me pede desculpas por termos brigado e diz que vai estar ao meu lado neste momento. Ao mesmo tempo que a amo demais, sinto-a distante de mim sempre que preciso dela. Mas o fato é que desta vez ela voltou e desculpou-se.

Desta vez ela está, ao menos, tentando ficar ao meu lado... desando a chorar e, em uma cena comovente e jamais imaginada, nós três nos abraçamos e choramos juntas. Elisabeth propõe, então, entre lágrimas cristalinas e pretas — pelo efeito devastador da sua carregada máscara para os cílios —, que saiamos as três juntas, em direção ao Fashion Mall, o único shopping que ela tolera, por ser mais vazio que os outros shoppings do Rio.

Fazer compras com a minha mãe e a Elisabeth juntas será mesmo um desafio! Minha mãe é muito cafona para se arrumar... adora cores fortes e estampas extravagantes. No começo do meu relacionamento com o Jota, eu sentia um pouco de vergonha quando a mãe do Jota se reunia conosco, em eventos familiares... Elisabeth, mãe do Jota, é muito chique: adora a cor "bege", e moda para ela se resume a tons pastéis. Ela é apresentadora do programa de Beleza & Saúde do Canal Trevon TV e, por isso, está sempre em contato com várias celebridades e pessoas do meio artístico. Além disso, é herdeira de uma das maiores fortunas de São Paulo, da família paulista de origem judaica "Spielberg", o que a torna uma socialite famosa e presença obrigatória nas festas mais badaladas do eixo Rio-São Paulo.

Minha mãe é diametralmente o oposto da Elisabeth. Ela não se encaixa em nenhuma conversa sobre beleza, moda e cultura contemporânea. O único tópico que a minha mãe domina é com relação aos idiomas. Minha mãe é formada em letras e dá aulas de inglês e espanhol em um conhecido curso de idiomas, além de aulas particulares de francês, sua maior paixão.

Sempre que estão juntas, minha mãe faz questão de criticar Elisabeth, ainda que de forma subliminar... são vários comentários negativos sobre a futilidade da vida dos ricos e famosos, do consumismo exacerbado por marcas e símbolos de status, e da facilidade extrema que algumas pessoas têm para "ganhar a vida", ou como minha mãe prefere dizer: "ter a vida ganha desde sempre".

Mesmo com todos esses "contras", o passeio acabou sendo muito agradável! Fiquei muito feliz por ter a minha mãe ao meu lado e, apesar de toda a caretice dela, há tempos sonho com esse momento... Ela estava tão doce que nem criticou minhas escolhas de consumo... comprei várias peças pretas e uma calça estilo "safari", com vários bolsos e estampa militar.

O meu estilo sempre foi o inverso da "boa moça". Desde pequena, depois que aconteceram essas aparições, tentei fugir do estereótipo da "menina que gosta de balé"... Por isso recorri à cor preta, que amo. E, para fazer companhia às peças pretas, eu uso as cores verde-musgo e cinza, sempre combinando com minha coleção de 28 jeans *True Religion*. Para finalizar o passeio, Elisabeth fez questão de me presentear com um conjunto de três bolsas de couro pretas, de diferentes tamanhos, da mesma loja. Essa é mais uma das excentricidades da minha sogra milionária: a mania de comprar sempre três, quatro ou mais produtos da mesma linha, com distintos detalhes, tamanhos ou cores.

Capítulo 5

Acordo atrasada para a consulta com a Dra. Kauffmann. Chego correndo, toda suada. Percebo que a médica está serena, recostada em sua poltrona vinho de tecido, com detalhes em matelassê dourado. Ela está vestindo um macacão de crepe solto, com calças pantalonas, em um estilo bem feminino e chique. O ambiente é bem intimista, com muita peça de decoração antiga e muita madeira. Adornando sua estante principal, situada atrás da sua mesa, está um candelabro "Menorah" de ferro antigo, provavelmente uma peça de família.

— Oi, Anna. Como você está?

— Oi, Mariana. Estou bem. Bonito esse Menorah. É de família?

— É, sim, foi um presente do meu avô, que também era médico psiquiatra. Ele vivenciou os horrores da Segunda Guerra como prisioneiro nos campos de concentração...

— Nossa! E ele ainda está vivo?

— Está, sim. É o Dr. Berger Kauffmann, vive na Alemanha. Como você sabe o nome "menorah"? Você também é judia, Anna Lara?

— Não, o Jota é.

— Sério?

— Bom, na verdade a mãe dele é judia, Elisabeth Spielberg. Ele é "filho de ventre judeu", o que o coloca na posição de judeu nato. Mas o pai não era judeu. Converteu-se para casar-se com a mãe do Jota, que é de uma família ortodoxa...

— Conheço a família Spielberg. A mãe dele é famosa... mas ela não é ortodoxa.

— Ela deixou de ser ortodoxa quando se casou com o pai do Jota. Foi quase deserdada pela família, mas com o tempo reconciliou-se com eles.

— É... parece ser uma história interessante... mas vamos à nossa história? E então... combinamos de hoje falar um pouquinho mais sobre a sua relação com o Jota. Podemos falar sobre isso, Anna? Me desculpe entrar tanto na sua intimidade, perguntar detalhes tão íntimos, mas eu realmente preciso entender um pouco mais da dinâmica sexual de vocês. Preciso saber onde estão as forças e as fraquezas dessa relação e preciso entrar nessa questão para conseguir chegar a uma conclusão. O tema sexual entre vocês é algo que sempre a "comoveu" muito e que os uniu de uma forma muito intensa...

— É, sim, Mariana. Você está certa... tudo gira em torno do sexo. Sempre foi assim. Não conseguimos fugir dessa tara, dessa perversão...

— E por que você classifica a sua vida sexual com o Jota como "pervertida"? O que você não aprova nela?

Um nó na garganta me deixa sem conseguir engolir. Fico respirando mal por um tempo... não quero ter que falar agora...

Neste instante, percebo a presença dela, da "moça". Continuo sem conseguir vê-la, mas sinto-a com intensidade... imediatamente me sinto desconfortável e começo a ficar incomodada com as perguntas da Dra. Kauffmann, acho estranha toda essa curiosidade pela nossa vida sexual...

— Vamos começar pelo começo... Como vocês se conheceram? — pergunta a doutora.

Neste momento, vejo a "moça" em pé, ao lado da janela do consultório. Tento desviar meu olhar da direção da janela sem que a Dra. Kauffmann perceba. Tenho medo de que ela me diagnostique como uma louca psicótica com alucinações... mas não consigo evitar olhá-la mais uma vez. Desta vez, ela está com o dedo indicador na boca, pedindo-me que não conte nada da minha vida sexual com o Jota para a Dra. Kauffmann. Uma ideia passa pela minha cabeça, a ideia de que talvez ela não queira mesmo que eu saia dessa vida de promiscuidade que vivo, que a satisfaz e a faz gozar comigo... resolvo ignorá-la e contar tudo sobre meu passado com o Jota, em busca da salvação da minha alma, de tentar mudar o que está errado e reconstruir uma Anna Lara "livre".

— Nos conhecemos em uma boate chamada "Bartô". Era uma boate que só riquinhos de São Paulo frequentavam... — Começo a me lembrar mentalmente da primeira vez em que o vi, lindo. Estava com sua calça jeans rasgada, com sua blusa preta justa com gola em "v" e seu topete caído no rosto. Eu, garota classe média, sem estirpe ou qualquer outro adjetivo classudo, filha de pais divorciados católicos e sem nenhum conhecimento da vida. Ele, garoto de classe alta, altíssima, filho de mãe judia de família conservadora e pai ateu, ambos famosos e poderosos. Ele, culto; eu, ignorante. Ele, lindo; eu, "bonitinha". Ele, sedutor ao extremo; eu, bem apagada... — Naquela noite eu estava com meu vestido preto superdecotado e meus 15 cm de salto, bem vulgar e oferecida... foi a primeira vez que fui a São Paulo. Estava com duas amigas mais velhas; uma delas, a Bianca, tinha o pai que morava em São Paulo e, a cada quinzena, ela ia encontrá-lo. Desta vez, havia nos convidado para passar o final de semana com ela, já que o pai estaria ocupado com os preparativos do novo casamento...

Bom, chegando à boate Bartô, tentei entrar com a minha carteira falsa, porque, na época, tinha 17 anos. O segurança, que tinha acabado de levar um fora de um cara que parecia ser o gerente do local, estava muito mal-humorado. Nem ligou para o meu decote e já foi me descartando:

— Senhorita, essa carteira é falsa. Quando completar 18 anos pode frequentar o local, até lá...

Foi aí que o Jota chegou, interrompeu-o e disse:

— Mauro, tá louco?! Tá barrando a minha prima?

O negão ficou branco em questão de segundos e, no alto de seus quase dois metros, diminuiu ao patamar de um anão e disse:

— Me desculpe, Jota Jr, *não sabia que era sua* "prima". *Pode entrar, senhorita. Me desculpe... — Lembro-me de ter me sentido triunfante naquele dia.*

— E o que se passou a partir da entrada na boate?

— Ao passarmos pela porta, senti suas mãos percorrerem minhas costas até alcançar a dobra da minha cintura e seus braços envolverem todo meu corpo. Imediatamente sua boca colou em minha orelha e, sussurrando, disse:

— A partir de agora, você é minha priminha e vai fazer o que eu mandar, ok?

— E o que você sentiu?

— Eu gostei... muito. — *Não posso contar a ela, mas me lembro de que fiquei toda molhada, com minha calcinha encharcada.* — O curioso é que, depois desse momento, ele não tentou nada e se comportou como um verdadeiro "lord". Ofereceu champanhe, dançou comigo a noite inteira, sorriu, me deu as mãos o tempo todo e, no final da noite, me beijou.

— E o que você sentiu exatamente?

— Ele me deixou louca. Maquiavélico manipulador, ele não me tocou. Não transamos. Ele me despertou para novas sensações.

— Como assim?

— Já não era virgem. Havia transado com vários caras, uns sete, mais ou menos. Tive uma primeira vez ruim, estava bêbada... e acabei não me dando tanto valor no quesito sexual... e...

— Ok, mas vamos seguir com o seu encontro com o Jota. Quero focar a partir daí. E aí? O que aconteceu depois? Quando transaram pela primeira vez? — Os olhos da Dra. Kauffmann transbordam de curiosidade e posso sentir o desejo emanar de cada poro da sua pele branca e sardenta. Acho bem estranha essa interrupção... será que ela está excitada com a história?

— Transamos no segundo encontro, mas antes ele fez uma espécie de "joguinho" comigo... demorou um pouco.

— E que jogo é esse, Anna Lara? — Com minha cara ressabiada, entrego que me sinto desconfortável com o rumo da conversa.

— Anna Lara, você pode se abrir comigo... que jogo é esse a que você se refere?

— Um jogo... uma forma de ele se expressar sexualmente. Ele gosta... como vou te explicar? Ele gosta de ultrapassar limites, de encontrar emoções que estão escondidas... de "produzir" essas emoções. Ele... me acendeu. Acordou algo que estava adormecido dentro de mim, na minha alma... hoje, percebo o tipo de manipulação que sofri e por que entrei tão profundamente em seu perigoso jogo. Ele não quis me tocar como os outros meninos da época, em vez disso, preferiu me seduzir. Ele me enfeitiçou e me prendeu. E isso já dura quase sete anos... ele conseguiu me fazer dele total e profundamente.

— E como ele fez isso?

— No dia seguinte, ele me ligou. Falamos cerca de quinze minutos no telefone — *o tempo máximo que me lembro de ter falado com ele ao telefone.* — Combinamos de sair no final de semana seguinte, para beber alguma coisa. Lembro-me de que passei a semana toda esperando por este momento. Quando chegou a sexta-feira, ele passou de carro — *estava com o carro de um primo rico que sempre emprestava para ele quando ia ao Rio, o Vinícius.* — Entrei no carro, ele me beijou e me deu uma margarida pequena e ordinária, arrancada de um lugar qualquer. — Um nó na minha garganta me impede de continuar, preciso de ar... minha margarida ordinária que se foi junto com Miguel... a cena toda vem à cabeça. — Continuando, fomos para um bar no Leblon. Lá tomamos uma, duas, três caipirinhas. Ele me perguntou sobre tudo da minha vida. Do que eu gostava, o que eu pensava. Perguntou se eu gostava de maconha e outros tipos de drogas. Perguntou se eu havia namorado outros caras antes... se tinha tido alguém sério. Rimos muito e ficamos horas conversando... mas, em um determinado momento, ele colocou a mão na minha coxa e subiu até a minha calcinha. Me tocou e me perguntou se nós iríamos transar...

Na verdade, foi assim: enfiou seu dedo com força e o tirou delicadamente acariciando meus lábios já encharcados. Me perguntou:

— Você vai me dar?

— Vou. Muito...

— Muito quanto? Vai me dar tudo?

Sem pestanejar continuei naquela que era simplesmente uma brincadeira sexual:

— Vou te dar tudo o que eu tenho e tudo o que você quiser.

Ele riu, dessa vez sem mostrar os dentes, apenas com uma expressão gloriosa. De novo prosseguiu com seu toque usual de abaixar a cabeça e esticar seu topete para trás e respirou profundamente.

— Anna Lara, vou te foder. Foder de verdade. Te garanto que vai ser diferente de todos os caras com quem você já saiu. E você vai gostar, ah, vai....

— E você gostou dessa proposta?

— Gostei...

— Entendo. A promessa de um sexo sem pudor, anunciado dessa forma vulgar, encantou-a imediatamente. Como fugir de um desejo tão irresistível? Você se viu à frente de uma avenida de possibilidades. E quando finalmente vocês fizeram sexo pela primeira vez?

— Depois da saída no Rio, ele sumiu por uma semana e meia. Quase dez dias depois, em uma quarta-feira, se bem me lembro, ele me ligou e disse: "Você ainda quer me dar?". Eu disse de uma forma envergonhada que sim... nesse momento eu só conseguia pensar no seu beijo e em como seria seu toque. Pensava que seria um sexo maravilhoso — *Nesse momento começo a me lembrar do que realmente eu pensei:* sua mão na minha nuca, repuxando meus cabelos, e seu olhar me desejando. Pensei nele entrando no meu corpo completamente, no prazer que eu sentiria, quando ele estivesse dentro de mim, e no seu gemido de prazer com meu corpo.

— E então? — Noto um pequeno entusiasmo na voz da Dra. Kauffmann. Será que essa história está seduzindo-a também? Vejo a moça atrás dela, novamente, me sinalizando um gesto de silêncio. Resolvo ignorá-la.

— Bom, ele estava no Rio, disse que tinha vindo somente para me ver. Ele me buscou em casa e disse que me levaria para seu "retiro espiritual preferido", que era como ele chamava a academia de jiu-jitsu que frequentava com os amigos do Rio. Na hora, eu imaginei que fosse alguma casa abandonada ou algo misterioso. Mas não...

Seguimos para o Leblon e estacionamos na rua. Fomos caminhando até um edifício velho pintado de verde-claro, onde ao lado da porta de ferro havia uma lanchonete de sucos naturais. Morri de vergonha por entrar à noite em uma academia com saltos altos. Rezei para não ser identificada na rua! Subimos as escadas estreitas e malconservadas. O aspecto era realmente feio e com um ar bem masculino, dava inclusive para sentir o cheiro dos hormônios desses jovens "trogloditas". Quando me dei conta, estávamos os dois em cima de uma espécie de tapete de borracha e meu salto estava literalmente "afundando". Ele sorriu e me disse:

— Não quero que você tire esse sapato de jeito nenhum, Anna Lara. Vai mais pra frente e, olhando no espelho, quero que você tire a roupa toda e fique nua, completamente nua... ah! Mas não tira esse salto alto! Esse salto fica, só ele.

Fiquei imediatamente constrangida... nunca tinha tirado a roupa para ninguém. Já havia namorado muito, mas nunca havia passado do limite entre transar à meia-luz, em posições confortáveis e pouco expostas... havia transado, mas não havia me exposto nesse nível. Mas a vontade de ultrapassar essa barreira foi mais forte e mais irresistível do que declinar timidamente.

Mantive-me forte na minha proposta em acompanhar tamanha ousadia e fiz o que ele me havia pedido. Mais ainda, após tirar a roupa toda, o olhei fixamente e apoiei minhas mãos no corrimão de ferro à frente do espelho — lembrei-me das minhas aulas de balé e usei toda a minha elasticidade para esticar, ao máximo, meus joelhos, elevando minha bunda para o local mais alto possível. — Assim, exposta e despudorada, me ofereci completamente aberta para ele, meu "Jota Jr"... Não foi rápido, entretanto, o nosso sexo. Foi constrangedoramente demorado. E ele fez questão de se aproximar bem devagar. Passo por passo, para admirar mais ainda a visão desnuda de toda a minha "retaguarda". Ao chegar bem perto, para minha surpresa, esse homem vulgar e moleque começou a recitar uma poesia que, a partir de então, eu jamais conseguiria tirar da minha mente...

> *"Na noite os pardos viram lobos, os indigentes viram reis e os homens viram objetos de prazer. O magro vira esbelto e o gordo, abastado. O esnobe é gentil e o carente, providencial. Na calada da noite todo sussurro é canção e todo gozo é hino. O hipócrita sorri satisfeito com a própria modéstia e as conhecidas se tornam íntimas parceiras de caminhada. Na noite todos são bonitos e qualquer oportunidade é sempre a última possível. Na noite os ângulos são perfeitos e o abismo, imperceptível..."*

No final dessa poesia, ele entrou em mim e gozou ao mesmo tempo em que recitou a última palavra. Eu me apaixonei completamente nesse instante e me viciei nesse sexo, despudorado e poético. Fico encharcada só de pensar nessa cena. Todas as vezes em que ele recita essa poesia, me faz lembrar de todo o erotismo e sacanagem que me fez fazer, e eu chego a "pingar" de excitação. Um dia, ao tirar a roupa para entrar no banho, lembrei-me dessa cena e comecei a sentir gotas de tesão pingando no chão do banheiro. O Jota viu a cena e, a partir desse dia, começou a me dizer que queria que eu "chorasse" para ele...

— Anna!

Percebo que estava completamente distraída relembrando essa noite. Nem me dei conta do que eu falei exatamente para a

Dra. Kauffmann. Mas acho melhor não perguntar também em que parte parei de falar...

— Oi, Mariana... acho que viajei para bem longe, não é?

— E como! Vamos terminar esse papo na próxima consulta, ok? Você tem tomado os remédios diariamente?

Essa sessão realmente me fez pensar... ajudou-me a enxergar nossa relação com um pouco mais de dignidade. Mas a verdade é que esse amor, que me devora de prazer, também me enlouquece de vergonha. E o fato de saber disso me torna tão culpada quanto ele. Ou mais culpada ainda... sou refém de tudo o que sinto e de tudo que não consigo me desligar. Lembro-me das escolhas que tive, das que eram boas e das nem tão boas assim, mas nenhuma era sedutoramente pervertida quanto a do Jota Jr, do meu "J"...

Esse homem, com cara de menino, topete na cara quadrada, olhos pequenos e sorriso largo, conquistou-me por completo e não me deu alternativa senão a de segui-lo e a de ser sua discípula, sua amante, sua boneca. Agora me encontro aqui, cercada de conflitos morais, todos fedidos e sujos de sangue. Todos indecentes até para se comentar com uma psiquiatra.

Capítulo 6

Hoje é sábado e vamos jantar com o "casal straight", a Silvia e o Henrique, dois advogados muito bem-conceituados que, além de casal, conseguem ser sócios no escritório do pai do Henrique. Eles são um dos únicos amigos "decentes" que ainda temos, ou seja, que não pactuam da nossa "orgia privada"...

Chegamos ao Ruthy, um dos restaurantes mais "in" de Ipanema. Ele pede um vinho caríssimo e eu escolho o meu prato preferido: ravióli de hadocck com aspargos e açafrão. Sinto-me desconfortável com a roupa da Silvia... ela está bonita, mas com um decote exagerado para um jantar entre "casais amigos". Percebo que o Jota não consegue desviar o olhar do seu decote.

Chega o carpaccio que o Henrique pedira. Começo a me sentir mal... Esse cheiro de carne crua me enjoa. Quando os pratos principais chegam, deparo com a infeliz escolha do Jota, que é um "Steak Tartar". Para piorar ainda mais a situação, o garçom, que é obviamente novo na casa, se confunde e posiciona o prato de carne crua exatamente na minha frente. Não consigo me conter! Peço licença e corro o mais rápido que posso para o banheiro; mas, para a minha infelicidade, uma mulher de idade e com dificuldade para caminhar está justamente no meu caminho, ainda mais congestionado com a presença de um outro garçom aflito em passar com uma bandeja com dois pratos. É claro que o estrago é total: a senhora caída entre as mesas, com uma mistura de dois pratos elegantes e um pouco do meu vômito...

Arghhhh! Sinto tanta, mas tanta vergonha, que não tenho outra opção a não ser ir embora correndo.

Jota vem atrás de mim.

— Anna! Como você está? Tudo bem?

— Claro que não, Jota! Claro que não está nada bem! Ou você acha que eu realmente estou *bem*? Aliás, há muito tempo que eu não estou bem, que nós não estamos bem!

— Eu sei, Anna... mas é só uma fase... uma fase ruim por tudo o que você passou... em pouco tempo, você vai superar isso tudo e nós vamos voltar a ser o casal que sempre fomos, o casal que é parceiro na vida e na cama, que se entende, que está junto.

— Podemos estar de várias formas, Jota, mas te garanto que juntos já não estamos há muito tempo...

— Anna...

— Fica aí, Jota. Eu quero ir pra casa... Sozinha!

Chego a casa e vou direto para o banho. Não consigo parar de tomar banho desde o aborto... sinto-me mais do que suja, sinto-me imunda! Resolvo ligar a banheira e entro lentamente na água fervendo, sentindo todos os meus músculos relaxarem. Ao mesmo tempo, organicamente entregue, fecho meus olhos e tento me concentrar na valsa de Tchaikovsky — *Power and Passion*, que é a única música que realmente me relaxa, e que me permite estabelecer um canal direto com o meu eu mais profundo, em um grau único.

De repente um beijo na minha testa me tira do meu estado de transe e me traz de volta à realidade. É o Jota com uma margarida ordinária nas mãos, igual à que ele me deu no nosso primeiro encontro. Rendo-me por alguns segundos...

— Amor, eu quero fazer amor hoje. Vamos?

Um riso solto extravasa da minha boca antes que eu consiga me conter:

— "Fazer amor", Jota? E desde quando você "faz amor" com alguém?

— Nunca. Eu não faço amor, eu fodo. Mas hoje eu quero fazer amor com você.

— Não estou te reconhecendo...

— Anna Lara, eu quero fazer amor com você e com seu rabo. Sai dessa banheira e vem me dar... agora.

Meu homem havia voltado do seu estado delirante... Era só mais uma encenação, mais um momento em que consegue provar que jamais vai deixar de ser um cafajeste... E o pior é que eu amo esse cafajeste!

Saio da banheira e, mesmo molhada e cheia de espuma, vou para a nossa cama. Deito-me em cima do nosso travesseiro gigante, posicionando os joelhos na cama em uma posição de agachamento de quatro. Ele tira o "KY" da gaveta e começa a massagear meu rabo em movimentos circulares até conseguir introduzir três dedos nele. De repente, ele tira os três dedos e mete seu pau em mim com muita, muita força. Quando estou quase gozando, ele me diz:

— Eu te amo, Anna Lara. E te amo muito mais do que você imagina. Eu amo seu corpo e amo sua alma. Eu amo sua dor e suas alegrias. Amo tudo o que vem de você... você é minha mulher e minha puta...

Nesse momento, eu gozo com ele. Não consigo ouvi-lo me chamar de puta e não gozar...

Imagino uma cena já cotidiana em meus pensamentos imundos e pervertidos que tenho durante o sexo: dois homens me comendo em um celeiro, em cima de um bando de feno, com porcos ao lado observando a cena. Imagino-me invadida e usada como um objeto sujo e sem valor. Nessa cena, sou comparada à comida dos animais, a um monte de carne com buracos providenciais à fartura de diversão e promiscuidade. Sou uma mulher sem nenhum pudor ou classe... imagino-me nessa cena em vários momentos que antecedem meu gozo. Imagino-me nua e usada. Machucada e molhada de gozo de ambos os homens... imagino-me suja, mesmo que na realidade esteja recostada em lençóis egípcios de 1000 fios...

E, de repente, um sono profundo transporta-me para um lugar do passado. Um lugar onde não estou eu, mas, sim, "ela", a moça...

Acordou em meio ao feno e às folhas de hortaliças. Estava em um galpão velho, com alguns cavalos em suas baias. O local era sujo e úmido, e era possível escutar alguns pequenos roedores à espreita. Suas roupas haviam sido retiradas e Maria Eugênia estava nua, somente coberta por uma manta velha, de cor vermelha escura. Um líquido saía de dentro de si em direção às suas coxas. Não lhe importava que tivesse sido usada. Tantas vezes fora usada de forma consciente, que, desta vez, inconsciente, esse fato não lhe causava caso nem revolta. Era mais uma prova de sua incompetência moral e desvirtuosa. Um porco teria mais sorte por ser, um dia, devorado com gosto e desejo. Ela, um pedaço de carne já sem gosto algum para os paladares mais exigentes, e sem pudor aparente das suas partes devastadas, não poderia pleitear tamanho deleite de ser degustada, aos poucos, e deliciada em toda a sua profusão. Seu pensamento era um constante ponto de interrogação sobre seu desesperançoso futuro:

— Serei eu, mais uma puta a ser atirada na fogueira do inferno por não ter vergonha?

De repente, ouviu o ranger das ferragens envelhecidas das portas de madeira pesada, que guardavam o grande celeiro. Ouviu o bater das asas dos pássaros, que se refugiavam nas extremidades superiores do galpão, e o ronco dos porcos, que já se desesperavam por temer o corte do próximo escolhido para a ceia. Mas a escolhida desta vez, e de novo, seria ela, Maria Eugênia Vasquez de Bragança, espanhola de dezesseis anos de idade, nascida em uma família de fé católica ortodoxa, expulsa de casa aos catorze anos, depois de abortar seu filho, fruto de um sexo promíscuo com seu próprio tio...

Ela sentiu medo, muito medo. Medo de ser machucada de novo. Encolheu-se em seu rincão esperando pelo pior. Para ela, ser estuprada já não lhe causava ardor, em vista do medo de ficar marcada para sempre, desfalecendo o único bem que ainda lhe restava nesta vida: sua juventude resplandecente em incrível e inexorável beleza delicada. Sua mistura de árabe e austríaca proporcionava-lhe exótica beleza, com traços finos e marcantes, pele excepcionalmente branca, cabelos bem negros fazendo conjunto com seus enormes cílios, que ressaltavam seus enigmáticos olhos amarelos.

O homem aproximou-se e, apesar da pouca luz que emanava das frestas do celeiro, ela pôde observar por alguns segundos que não se tratava de um homem, mas, sim, de dois jovens rapazes, que não deviam ultrapassar a barreira dos seus 14 anos... Ambos os rapazes se aproximaram de Maria Eugênia e abaixaram suas calças já com suficiente "entusiasmo" para, em seguida, começarem a penetrá-la. O rapaz com aparência mais jovial foi o primeiro a penetrá-la, com intensidade desproporcional à sua frágil aparência. Extasiado de tamanho tesão, começou a sufocar Maria Eugênia que, em desespero, começou a gritar com o que restava de sua voz, implorando por sua vida.

Acordo completamente encharcada de gozo, do meu gozo noturno, e totalmente sem ar, em uma crise que dura alguns segundos até a minha bombinha de asma chegar à minha boca. Essa parte do sono é sempre a pior, pois não consigo prosseguir para saber o que de fato aconteceu com ela. Mas, ao mesmo tempo, a cena me excita até o ponto de gozar ininterruptamente...

Capítulo 7

Acordo cedo com um vazio no meu estômago. Deve ser porque não consegui comer nada ontem... sempre comi muito, mas, de uns tempos para cá, não consigo mais colocar nada na minha boca. Acho que comi demais na minha gravidez e agora me sinto culpada por não alimentar mais o ser que estava dentro de mim...

— Anna Lara, fiz uma omelete pra você! — Omelete... sempre amei omelete, aliás, sempre amei tudo que vem do ovo. Amo "ovo". Morávamos no mesmo prédio da vovó, e eu passava mais tempo com a vó Lia do que com meus pais. Toda vez que chegava do colégio, eu guardada um ovo no avental do meu uniforme. Vó Lia me chamava de "galinhazinha" porque ficava com esse ovo dentro do avental todos os dias, até o coitado apodrecer... só uma vez o ovo quebrou dentro do avental. Lembro-me de ter chorado demais e de ter achado que o meu "pintinho" tinha morrido. Depois desse acidente, nunca mais deixei quebrar nenhum ovo que ficasse alojado na minha barriga. — Até a semana passada.

A omelete está maravilhosa. Como sempre! Um dos vários dotes do meu marido "quase perfeito" é saber cozinhar. Ele consegue colocar sabor até mesmo nos pratos mais simples. Ensinou-me a trocar o excesso de manteiga e óleo de cozinha por umas gotas de azeite e temperos diversos. A omelete dele leva 4 claras para uma única gema. É recheada com peito de peru e ricota e temperada com pesto de hortelã, o que faz com que ela fique levemente esverdeada. É um dos meus pratos preferidos.

O interfone toca. Quem será a essa hora da manhã? Jota me disse que não havia comentado com ninguém sobre o meu caso. Minha mãe me disse que só havia comentado com o Ricardo e com o meu p... Pai! Merda!

— Anna Lara, seu pai está subindo.

— Não! Eu não quero falar com ele agora!

— Muito tarde, Anna... E já está na hora de você enfrentar os seus fantasmas e falar com o seu pai.

— Não, Jota... não quero!

— Porra, Anna Lara! Para de ser essa menininha mimada e vira gente! Chega dessa história de papai-mau que abandonou a mamãe-boa! Chega! Chega! — Pronto, agora quem enlouqueceu de vez foi ele, e mais rápido do que eu. Tenho medo de que ele comece a gritar mais alto e meu pai escute... tenho que disfarçar antes que a campainha toque. Meu pai não vai perdoar ao Jota se souber que ele grita desse jeito comigo... prefiro me calar.

A campainha toca. Abro a porta sem muito entusiasmo e cumprimento meu pai com minha habitual saudação seca e educada...

— Oi, pai. Tudo bem?

— Pelo visto não, Anna Lara! — Pronto, tudo o que eu precisava agora...

— Pai, por favor, não vamos começar uma briga agora...

— Não vim brigar com você, Anna Lara! Vim saber como está a minha filha, depois de descobrir que ela é, além de minha filha, uma assassina!!!

— Maneco, podemos conversar? — Pergunta Jota já tenso.

— Com certeza, meu rapaz. Nós vamos conversar muito, muito mesmo. Mas não vai ser aqui e agora. Vai ser no meu "escritório". E, acredite, não vai ser uma conversa fácil...

— Vou te desculpar porque imagino que você está fora de si, Maneco...

— Não preciso das suas desculpas! Saia da minha frente!

— Isso não vai ajudar a sua filha, se é que isso importa pra você...

— Vou te mostrar o que importa pra mim... — E um soco atinge o Jota em cheio. Meu Deus!!! Jota é faixa preta em Jiu-jitsu, mas meu pai... meu pai é "meu pai". A cena poderia estar em algum filme de suspense porque parecia ter acontecido em câmera lenta e com todos os requintes de drama possíveis. O soco atingiu em cheio o nariz do Jota que, ainda com a cabeça girando, jorrou sangue para todos os lados.

Ele caiu em cima do aparador da sala, deixando cair o meu cavalinho de porcelana. Meu desespero foi muito maior quando vi meu cavalo quebrado. O nariz perfeito do meu marido viril e másculo sempre me importou, mas o meu cavalinho realmente me importava bem mais nesse momento.

— Te ver quebrado é o que me importa, Jota! Você, seu filho da puta! Por que deixou que a Anna Lara abortasse um filho seu? Um filho seu, Jota???

— Para, pai! Para agora! Você não viu o que você fez? Jota, por favor, não revida!

— Maneco, não vou revidar. Pela Anna Lara e, especialmente, por tudo o que ela passou. E, só para seu governo, esse filho estava "doente". Estava todo deformado! Você, que é um pai tão dedicado, ia gostar de ver a sua "menininha" cuidando de um deformado? Você ia gostar de ter um neto deformado? Eu vou para o nosso quarto, Anna Lara.

Ele entra no corredor que leva aos quartos e bate a porta com violência. Eu me viro para o meu pai, que está com os olhos marejados, e digo:

— Pai! Vai embora agora! Você não é bem-vindo na minha casa. Aliás, você não é bem-vindo na minha vida!

— Anna Lara, minha filha... eu não sabia. Não sabia que o bebê era totalmente deformado. Sabia que tinha um problema... imaginei que era Down... a sua mãe, como sempre, não me falou a história toda... ela podia ter me falado, mas preferiu o silêncio. Típico dela!

— Com que direito você vem aqui apontar seu dedo sujo para mim e, ainda por cima, colocar a culpa na minha mãe pelas suas atitudes? De novo, pai? Sempre a minha mãe é a culpada, não é? Você não tem jeito! É sempre isso. E os seus erros, você nunca os enxerga!

— Enxergo, sim, Anna Lara. Enxergo todos os meus erros, mas enxergo também meus acertos. E você, sem dúvida, foi meu grande acerto. E eu te amo, filha. Muito. Você era o meu anjo dourado. Minha menininha linda com as "minhas sardinhas", lembra?

Um choro incontrolável ultrapassa as barreiras naturais do meu corpo e eu não consigo me conter. Meu pai nunca disse tão claramente essas palavras... Não de uma forma que eu conseguisse ouvir assim, completa. E meu pranto de felicidade se mistura a toda mágoa que eu guardo dele pelo que fez com a mamãe. E principalmente com a Caroline...

— Pai, por que você fez isso? Por que batia na mamãe? Se você não tivesse sido assim, talvez a mamãe não tivesse se separado de você. E, talvez, a Caroline ainda estivesse entre nós...

— Anna Lara, não fala isso... você está fora de si, não tem o direito de me ofender dessa forma! A minha situação com a sua mãe nada tem a ver com a morte da Caroline. O que aconteceu com ela foi uma fatalidade, um acidente. Não foi minha culpa nem culpa de ninguém. Ela tinha uma propensão para a depressão, estava sempre falando sobre morte e espíritos... aconteceu porque tinha que acontecer! Era o destino dela, e nós temos que seguir em frente. Por favor, Anna Lara, você é a única pessoa que me restou.

— Não, pai! Você deixou a Caroline morrer! Você deixou a sua arma lá! Você devia ter previsto isso! Mas não... foi ver o que estava acontecendo com a sua amante e deixou a arma ali, pronta para matar alguém. E esse alguém foi sua própria filha! — Neste momento, vejo-o apertar os punhos bem forte e levantar os braços. — O que agora? Vai me bater também? Depois de anos batendo na minha mãe e depois de ter matado a minha irmã, agora vai me bater?

E meu pai desaba a chorar como uma criança. Coloca as mãos já calejadas em seu rosto enrugado e começa a soluçar de dor e remorso...

— Anna Lara, eu jamais tive a intenção de machucar você ou a sua irmã. Mesmo a sua mãe, eu também nunca quis machucá-la. Sou policial, convivo em um meio violento. Às vezes nos perdemos de nós mesmos quando nos envolvemos nesse ambiente. Mas eu nunca, jamais, quis prejudicar minhas meninas. Fui ver o que estava acontecendo entre a sua mãe e a Rebeca, para que a sua irmã não se envergonhasse de uma briga de família no meio da sua festa de quinze anos. Esqueci a minha mochila no quarto de vestir. A arma estava dentro da mochila. Caroline estava acabando de se trocar para dançar a valsa. Eu deveria sair do quarto com ela para a dança. Foi tudo muito rápido. De repente ouvimos o tiro...

Com um nó na garganta começo a chorar mais. Parece que uma nuvem negra se apoderou de mim. Todo o meu passado de dor juntando-se ao meu momento de mais dor. Por que não tomei logo o vidro todo de calmantes?

— Pai, eu...

— Anna Lara, eu vou embora. Espero que você melhore. Nos falamos um outro dia, um dia que você resolva me escutar de verdade. Adeus.

E ele finalmente se foi levando consigo toda a dor da morte da Caroline somada à morte do neto que ele nem chegou a conhecer...

Volto para o quarto e Jota está sentado na poltrona de couro, com a nossa toalha de rosto secando o sangue que insiste em jorrar do seu nariz. Olho para ele com olhar de culpa por ter sido o meu pai a machucá-lo. E sei o quanto ele odeia sentir dor. Ele gosta de provocar a dor, mas senti-la nunca.

— Olha, Jota, eu sinto muito. Sei que o meu pai não deveria ter feito isso, mas...

— Anna Lara, tudo bem. — E com um forte suspiro e uma passada de mão nos seus cabelos, ele continua a falar. — Eu nunca te contei por que que eu tenho tanta adoração por esta poltrona, né?

— Me falou, sim, porque ela era do seu pai...

— Sim, mas não é só por isso.

— Não?

— Não. Eu tenho um apego a esta poltrona porque, no dia em que meu pai enfartou e morreu na minha frente, ele estava sentado aqui. — Neste momento me arrepio dos pés à cabeça e passo a entender porque que eu jamais gostei dessa poltrona. — E você sabe por que ele enfartou?

— Não...

— Porque eu estava discutindo com ele, Anna Lara! Estava brigando com ele porque ele não queria me deixar usar a minha maldita moto! Ele achava que eu poderia sofrer um acidente e morrer. E o mais irônico é que foi ele quem morreu parado nesta mesma poltrona em que eu estou agora. Você consegue entender o que eu quero te dizer?

— Acho que sim...

— Na vida temos tanto medo de perder quem amamos que esse medo acaba fazendo com que nós, de uma forma ou de outra, nos percamos dessas pessoas. E é por isso que eu não te aprisiono em uma redoma... quero que sejamos livres para vivermos a vida sem medo.

E nos abraçamos imensamente como há muito tempo não acontecia. Senti o meu amigo de volta, o meu companheiro, o meu querido... Ele estava ali, todo entregue, na sua forma mais plena de amar. Era o meu marido que me respeitava, que cuidava de mim. O meu marido que me amava de verdade. Era ele, o amor da minha vida, que estava de volta.

Capítulo 8

Depois de penetrarem a vergonha de Maria Eugênia com toda a força possível, os rapazes viris não se contentaram simplesmente com gozo alentador, preferiram algo mais visceral. A dor em Maria Eugênia a faria mais atrativa para o cortejo de imprestáveis criaturas que não se importavam com a fartura de um banquete, se este não viesse acompanhado do deleite da aflição. Sentiram desejo de machucá-la. E machucaram. Penetraram-na por trás inúmeras vezes, tantas quanto conseguiram. Beijaram seu rabo com vontade, ao mesmo tempo em que insistiam em feri-lo com impetuosidade. Foram cruéis ao colocá-la sobre o mar de lama fétida que esvaía dos porcos. Mais cruéis ainda se tornaram quando ofereceram seu banquete ao animal de quatro patas que ali assistia ao espetáculo bárbaro, contorcendo-se com igual avidez que os exemplares da raça humana.

Foi ela, banquete de monstros e de animais. Não contentes com tamanha libidinagem, acabaram com o ato escravizando Maria Eugênia a uma vida de miséria. Retiraram-lhe o vintém que lhe restara ao cortarem com uma lâmina afiada seu precioso rosto aveludado. Deram-lhe um golpe certeiro que lhe sacou parte de tão preciosa beleza, e também toda a sua virtuosa comoção ao ato sexual. Tornou-se pervertida puta de braços frios e pernas quentes. Não servia mais para amar, somente para odiar aqueles que, com satisfação, ofereciam o gozo amargo para guardar em seu corpo sujo. Nunca cicatrizou a ferida que lhe machucara a alma. Mais do que qualquer ardor, aquele foi o que devastou Maria Eugênia.

Com seus olhos marejados pelo horror recém-vivenciado implorou pela morte. A morte mais lhe serviria do que uma vida sem beleza. Estar presa a esse mundo com a aparência de uma serva explorada parecia-lhe a pior forma de escravidão possível. Os jovens perversos se contentaram em deixá-la com os estrumes fétidos e as sobras das vestes rasgadas e seguiram seu caminho para a vila mais próxima. Entre sangue, excrementos e gozo, Maria Eugênia arrastou-se para fora do celeiro até a margem de um rio. Lá chegando, abaixou-se e verificou o estrago de seu rosto. Quando olhou para o seu reflexo no rio, não conseguiu ver sua face descomposta, mas viu a sombra de uma outra mulher. Viu a imagem de sua avó cigana. Viu as cartas da sua vida girando em cima das águas cristalinas desse rio. As cartas passavam por si com a mesma sequência que sua avó retirara no dia em que lhe abriu o tabuleiro sagrado. A primeira foi a carta da morte, que envolveria toda a vida de Maria Eugênia. A morte para a vida e o renascimento, representado pela carta seguinte. Finalmente reconheceu a carta da Imperatriz escura, que governa pela dor. Viu-se forte o suficiente para continuar a seguir sua estrada...

Acordo suando. Fico apavorada com o que sonhei, ou vivenciei. Já não sei. Parece que sou eu nesse sonho, mas sei que não sou. É a história de outra mulher, a história dela, da moça. Fico intrigada com as cartas que ela viu e penso nisso. Talvez minha vida também esteja escrita nas cartas. Talvez elas possam me explicar um pouco o que aconteceu comigo ou o que está por vir.

Imediatamente busco meu celular para ligar para tia Amélia. Hoje é terça-feira, dia das obrigações no Centro Espírita. O dia de jogo é na quarta-feira e já está com todos os horários lotados. Insisto muito e acabo conseguindo que a Mãe Dalva me atenda hoje.

Quase três horas depois do planejado, conseguimos chegar ao Centro. Tia Amélia segue em direção ao pátio de terra para iniciar os trabalhos das "obrigações". São oferendas feitas pelos filhos de santo do terreiro para ofertar aos deuses da Umbanda, em troca de favores terrenos. Essa é a lógica da religião espírita: você tem um contato direto com os deuses, que lhe fazem favores em troca de oferendas materiais. Essas oferendas são comidas preparadas, muitas vezes, com animais mortos, sacrificados para saciar a fome dos Orixás. Um "cordeiro" entrega seu sangue por meio da sua morte para dar vida aos desejos dos mortais. A relação de vida e morte é a linha tênue que divide os lados dos mortais e dos imortais. Os imortais são divididos em várias categorias: os que têm menos luz são os menos poderosos; aqueles com mais luz são os Orixás, deuses que têm poderes ilimitados.

Vó Lia era devota dos Orixás e praticava uma religião muito parecida com a religião da Tia Amélia, porém era uma religião mais perigosa de se praticar. Não era Umbanda, mas sim, uma dissidência mais radical desta, chamada de "Quimbanda". A "Quimbanda" diferencia-se da "Umbanda" por ser uma religião que ataca o feitiço de magia feito e também o feiticeiro que o fez. Já a Umbanda só desfaz o feitiço feito.

Minha avó era uma bruxa, uma médium poderosíssima. Ela me ensinou muitas coisas sobre o mundo espiritual, mas muitas questões ainda permanecem sem resposta para mim. Antes de morrer, lembro-me das suas palavras sobre os "segredos de família". Ela me disse que toda família possui segredos escondidos no plano inferior, que são passados de geração em geração. Esses segredos são os "carmas familiares". Esses carmas não podem ser quebrados nunca em vida, e nem a morte é capaz de rompê-los: *"Porque o que veio a esse mundo de um jeito, minha filha, a esse retornará; da mesma forma seus frutos, e os frutos dos seus frutos. Somos todos frutos de uma mesma árvore e dela não escapamos". E assim seguiu sua caminhada. Fechou seus olhos e deixou esse mundo.*

Entro no quartinho de *tarot* da Mãe Dalva. Esta me olha com um olhar que me dá medo. Senta-se com seus mais de cem quilos em sua poltrona de veludo vermelho gasto, retira seus vários colares de contas e os coloca no canto da mesa, circundando um copo de vidro com água, que contém uma enorme pedra preta dentro. Eu lhe pergunto o porquê da água e da pedra e ela me explica que a água é um conector de mundos, que permite a passagem das informações do mundo dos mortos para nós. A água, o espelho e a fumaça são poderosos portais que permitem a conexão com o astral. Existem outros meios, vários. Mas a conexão mais cristalina é por meio da água, a fonte primária de vida, pela qual nos formamos e que nos sustenta nesse plano.

Seguindo o jogo, Mãe Dalva embaralha com maestria o bolo de cartas velhas, fazendo verdadeiros malabarismos com suas mãos gordas e longas unhas vermelhas descascadas. Ela me pede que eu separe o monte embaralhado em três montes menores, sempre com minha mão esquerda. Assim o faço. E, do monte menor, ela começa a abrir o meu jogo em cima da mesa.

Várias cartas apresentam-se, demonstrando o caminho que minha vida vai seguir daí em diante. Dentre elas, a Mãe Dalva chama a atenção para cinco cartas específicas:

CARTA DA MORTE:

— Esta carta mostra o senhor da morte acompanhando você por essa vida. Há uma energia de morte que te acompanha. — Fico paralisada com o que ouço.

— Será que é o meu filho morto? O Miguel está me acompanhando ou é a "moça" que me segue?

Com uma risada contida, Mãe Dalva diz:

— Muitos mortos te acompanham, Anna Lara. Você vai descobrir isso. Na hora certa. Mas não tenha medo. O orixá que governa sua cabeça é Iansã, a mãe dos ventos e tempestades. E a qualidade da sua Iansã se chama Iansã- Gbale ou Iansã-Balé (aquela que retorna à Terra). Ela é a Deusa dos mortos, a dona do Portal que liga os dois Mundos, ajudando os moribundos a passar para o outro lado, por isso é a senhora dos cemitérios. Tem pleno domínio sobre os mortos, trazendo consigo uma falange de Egun que ela controla, pois todos temem seu poder. Ela vive na ponte, e você é mensageira dela. Mas cuidado! Quando andamos muito perto do precipício, às vezes nos seduzimos por ele.

CARTA DA TRAIÇÃO:

— Vejo uma mulher saída do fogo que vai traí-la. Vejo-a enfiando uma estaca em seu coração. Essa mulher vai vir de mansinho e vai conquistar tudo o que é seu, Anna Lara. Cuidado com ela! — Pergunto-lhe o nome, mas a Mãe Dalva diz que não consegue ver o nome dela com perfeição, aparece borrado para ela. Só consegue ver que é um nome estrangeiro, difícil de conseguir ler...

CARTA DA SACERDOTISA:

— Aqui eu vejo clemência, misericórdia. Eu vejo o plano astral abençoando você e trazendo de novo a felicidade para a sua vida. Tudo o que for tirado de você retornará de outra forma, mais leve e mais evoluído. Você vai ter amor na sua vida e a luz brilhará na sua estrada.

— Não entendi muito bem... já tenho amor do Jota, da minha família...

— Você vai entender na hora certa, minha criança...

CARTA DA CARRUAGEM:

— A chave para as suas respostas está em uma outra terra, distante daqui. Você vai para muito longe para encontrar você mesma. Vai ser uma longa viagem até chegar ao seu destino. Está distante, mas você vai encontrar.

— E onde é esse lugar? É no exterior?

— É, sim. E é um lugar onde os antigos habitavam, um lugar com história. Eu vejo um castelo. E vejo que você só vai alcançar a sua paz depois que percorrer o caminho em direção a esse castelo.

— Um castelo?

— Só vejo isso, Anna Lara. Minha visão sobre essa carta termina aqui.

CARTA DO CAIXÃO:

— Aqui eu vejo a morte e o renascimento. Vejo seu carma de vida sendo quebrado pelo trabalho de homens de branco. Vejo uma criança saudável nos seus braços. Eu te vejo mãe, Anna Lara. — Lágrimas escorrem pelo meu rosto nesse momento. Simplesmente não consigo me controlar. Será que Deus, Todo Misericordioso, vai me deixar tentar de novo?

— Mãe Dalva! O que eu mais quero na vida é ser mãe de um filho do Jota! Quero muito ter esse bebê, nosso filho...

— Minha menina, você ainda não sabe o que você quer. Você ainda não sabe de muita coisa. Vai ter que caminhar muito sobre muitas pedras para entender o que você realmente quer e qual é a sua missão nessa vida. Mas fique tranquila. O que está reservado para você é bom, só está um pouco mais adiante.

Saí do jogo de *tarot* com mais dúvidas do que entrei. Não sei se fiz certo em ter vindo aqui. Lembro-me de que, da última vez que pisei nesse terreiro, só me aconteceram coisas ruins. Mas não posso culpar a Mãe Dalva. A escolha pelo aborto foi minha, só minha...

Chego em casa e resolvo acender uma "guimba" de maconha para relaxar. Coloco meus três dedos de Blue Label e sento-me na nossa varanda para escutar minhas notas preferidas de piano. Sempre quis aprender piano, mas jamais consegui fazer aulas. Minha mãe nunca me levou. Achava que eu precisava de aulas de balé para aperfeiçoar minha postura, não aulas de piano que, na concepção dela, de nada serviam. Meu pai foi casado com minha mãe até os meus oito anos, e lembro-me de ele sempre me apoiar nas minhas escolhas. Mas, apesar de tentar, e mesmo sendo policial, acabava optando por não a enfrentar. Jota chega em casa. Está suado e com cheiro de cigarro. Estranho... Meu Jota não fuma e, ao contrário, detesta cigarro!

Prefiro não perguntar sobre o cheiro da fumaça. Logo ele se mistura com o perfume da maconha, e muito doidos nem vamos nos lembrar mais disso. Transamos muito, por horas. Ou pelo menos a sensação é essa.

Capítulo 9

UMA SEMANA DEPOIS...

Mais uma consulta com a Dra. Kauffmann.

Chegando à consulta, vejo a minha psiquiatra com uma saia curta demais para uma profissional. Seu jaleco passa da altura da saia, que é levemente rodada. Está com uma blusa de renda cor off-white, fazendo um jogo de múltiplas tonalidades claras no visual "chic e sexy"... Ela é bonita, muito bonita para uma ruiva natural. Eu nunca achei mulher ruiva bonita, mas essa tem uma beleza suave, serena. Ela se parece com aquelas bonecas de porcelana de antigamente: cabelos de cor bem laranja, pele claríssima, sardas marcantes e olhos de tom azul cristalino, que se complementam perfeitamente com seu rosto triangular, esticado. Não havia reparado, mas ela é realmente linda!

— Então, Anna Lara... vamos recomeçar de onde paramos. Não quero que você meça palavras nem se sinta constrangida comigo. Você pode se abrir e eu não estou aqui para julgar nenhum tipo de comportamento seu, seja ele qual for... Sou sua médica e também sua amiga. Estou aqui para ajudá-la. Como você descreveria sua relação com o Jota?

— Promíscua.

— E por quê?

— Porque fazemos coisas que os casais normais não fazem. Somos um casal liberal demais para os padrões certinhos. Transamos com outras pessoas, fazemos coisas baixas na cama. Também gostamos de falar baixarias.

— E a promiscuidade se resume somente aos momentos sexuais de vocês ou está presente em todos os momentos da relação?

— Acho que está relacionada somente à parte sexual mesmo. Nos outros momentos, sinto que somos um casal igual a outros. Temos nossos momentos no cotidiano, vemos filmes na cama comendo pipoca, fazemos compras no supermercado, treinamos juntos, jantamos em restaurantes... estamos sempre viajando para lugares interessantes.

— Então vocês possuem um diálogo que ultrapassa essa esfera sexual?

— Claro! E mesmo na questão sexual não falamos somente com uma abordagem, digamos, "pesada". Também tem muita poesia na nossa vida sexual. O Jota, ao mesmo tempo em que coloca as palavras de uma forma muito vulgar em alguns momentos, também me escreve uma série de poesias...

— Poesias? Que interessante... um homem tão másculo, esportista, bem-sucedido, jovem e... poeta? O tesão dele deve estar associado às palavras.

— É... ele escreve poesias eróticas. Adora poesia; vê poesia nas palavras, nos gestos e nas circunstâncias. Ele é um poeta sexual, com uma dinâmica própria...

— E de todas as poesias que ele fez para você, qual foi a que você mais gostou?

— A poesia que eu mais gosto foi a que ele me recitou na noite em que fizemos sexo, "Na Noite". Essa é a poesia que mais traduz a nossa relação...

— E como é essa poesia? Você pode recitá-la para mim?

— Me lembro de já a ter recitado para você, na nossa primeira consulta, Dra. Kauffmann... você não se lembra?

— Sim, mas não me lembro exatamente da poesia... — A doutora fica desconfortável, como se tivesse sido descoberta em sua própria curiosidade... Percebo seus olhos azuis cristalinos ávidos, esperando para ver as imagens que sua mente produziria a partir dessas palavras. Não ligo e resolvo recitá-la novamente:

"Na noite os pardos viram lobos, os indigentes
viram reis e os homens viram objetos de prazer. O
magro vira esbelto e o gordo, abastado. O esnobe
é gentil e o carente, providencial. Na calada da

noite todo sussurro é canção e todo gozo é hino. O hipócrita sorri satisfeito com a própria modéstia e as conhecidas se tornam íntimas parceiras de caminhada. Na noite, todos são bonitos e qualquer oportunidade é sempre a última possível. Na noite os ângulos são perfeitos e o abismo, imperceptível..."

— Nossa! Que linda essa poesia! Seu marido é mesmo um poeta!

— Tamanho entusiasmo não poderia ser menor. Ele é mesmo um poeta. E um poeta sacana, sedutor e viril. Um poeta e um homem que gosta de transar com perversão. Perversidade e poesia: essa é a arma secreta do Jota. — Ele gosta de usar as palavras durante o sexo?

— Como assim? — Sinto-me um tanto constrangida...

Ele a seduz com palavras antes ou depois do ato sexual? Pergunto isso para entender até que ponto você é a parte mais frágil ou a que exerce maior liderança na relação. — Explica um pouco sem graça sua curiosidade porcamente embasada em uma teoria psicanalítica.

— Bom, ele realmente gosta das palavras... mas digamos que ele usa as poesias antes do sexo. Ou depois. Durante o ato ele também utiliza palavras, mas palavras mais baixas. — Começo a me lembrar de algumas baixarias que ele costuma falar quando estamos transando só nós dois... *"Fala, Anna Lara! Fala! Fala que você quer leitinho no seu rabo, sua vadia. Fala que você adora leitinho no seu rabo, puta...* — Mas essas palavras são íntimas demais para partilhar com qualquer pessoa, mais ainda com minha psiquiatra. Já estive envolvida em vários atos de sexo grupal e nunca me senti tão invadida sexualmente quanto agora. É muito mais fácil fazer sexo promíscuo do que falar sobre ele...

— Entendo. Ele gosta de certas "perversões", digamos... E essas perversões lhe agradam?

— Sim. Agradam. Muito.

— E imagino que sejam essenciais para a atividade sexual do casal, certo?

— Ele não se excita com filmes pornôs ou com sexo com desconhecidos. Ele não consegue manter uma ereção com qualquer mulher, mesmo que essa mulher seja linda. Ele precisa de uma conexão, de um elo.

— Entendo. E você é o gatilho da sua ereção?

— Mais ou menos. Ele gosta de mim em uma situação de subserviência, como um objeto ou uma prostituta. É tudo uma fantasia da cabeça dele, submeter a mulher dele, que é sagrada pelas leis do "Alcorão", a uma situação de depravação moral. Isso é o que ele gosta de fazer. De quebrar os limites sociais. Na cabeça dele, funciona assim. Muitas vezes ele gosta de me ver transando com seus amigos, com pessoas do seu relacionamento. Também gosta de transar com mulheres que conhece, mas sempre com o meu consentimento.

— Então, se ele precisa do seu consentimento para tais atos "libidinosos", você acredita que ele a traiu?

— Nunca. Ele não precisa. Na verdade, ele simplesmente não consegue fazer nada escondido de mim. Ele precisa da minha aprovação.

— Vocês encontram juntos um "equilíbrio sexual", chegam a um mesmo ponto comum. São parceiros e cúmplices de sexo promíscuo.

— Sim. Nós gostamos de promiscuidade, juntos. Eu o satisfaço em todos os seus desejos mais sórdidos... transo com todos com quem ele escolhe. Estou sempre disponível.

— E isso não a incomoda?

— Sim, me incomoda. Eu vivo em um conflito. Por um lado, amo transar com o Jota dessa forma. Gozo muito e me sinto "livre". Mas, por outro lado, eu me sinto suja, depravada. Me sinto uma pecadora! Imagino se minha mãe soubesse de metade das coisas que faço na cama com o Jota. Ela nunca mais iria querer saber de mim. E acho que muito do que eu estou sofrendo agora é por causa dessa minha depravação. Acho que Deus está me castigando por eu ter cedido ao pecado.

— Anna Lara, não existe sensação "suja ou limpa", assim como não existe "certo e errado" na cama. Existe desejo. E desejo não possui limites. A vida é uma paráfrase de paradigmas, Anna Lara. Tudo se resume a paradigmas. Somos expostos a paradigmas desde o nosso nascimento: são paradigmas sociais, paradigmas sexuais, paradigmas religiosos e vários outros. Acredito que você viva hoje entre dois paradigmas: o paradigma familiar-religioso, ao qual você foi exposta desde pequena e o paradigma sociossexual, no qual você está inserida atualmente. Hoje em dia, é muito comum casais ultrapassarem certas barreiras em busca de "conhecimento sexual". Essa quebra de barreiras está ligada à questão da autoafirmação feminina, em busca do seu lugar em uma sociedade tradicionalmente machista, em que somente os homens podem "provar o fruto proibido" sem receber o julgamento dos homens. E a religião embasa toda essa questão. Somos pecadores porque ousamos desobedecer. E desobedecer tem punição severa em outro plano. Bem providencial, você não acha? Ser punido em um purgatório que não se pode ver, somente imaginar.

— É verdade, Mariana... E esse purgatório pode nem mesmo existir, não é?

— Isso nunca vamos saber. Só mesmo depois que morrermos.

— Acho que depois que eu morrer, na verdade! — E não contenho uma gargalhada cruelmente embasada.

— Anna Lara. Olhe bem os seus paradigmas... você não é uma pecadora . Você é uma mulher com desejos sexuais plenamente consentidos por seu marido.

Saio da consulta mais aliviada... sinto-me menos culpada pelo que sou e sinto. Se sou puta ou ninfomaníaca, a Dra. Kauffmann acabou de me dizer que não é necessariamente um problema ser assim. E na verdade eu sou assim. Gosto dessa promiscuidade toda. E é por isso que até hoje não consigo me desligar do Jota... Porque com ele eu não me sinto somente uma "mulher"... sinto-me mais do que isso... sinto-me uma "puta". E eu gosto dessa sensação, mesmo sendo uma sensação depravada.

Capítulo 10

TRÊS SEMANAS DEPOIS...

De repente o telefone toca: é minha mãe, alertando-me sobre a consulta com o meu ginecologista.

— Alô...

— Anna Lara!

— Mãe?

— Você sabe que horas são? São 9:15 h da manhã! Você se esqueceu da sua consulta com o Dr. Pires?! Estou aqui embaixo no carro para levá-la, conforme tínhamos combinado ontem!

—Mãe, chega. Eu já entendi... realmente me esqueci. Esses remédios me deixam com muito sono... vou me arrumar e já desço. Você quer subir?

— Você sabe que não. Prefiro esperar aqui no carro. Desça logo.

Desço. Percebo que algo não está bem. Minha mãe está visivelmente irritada.

— Mãe, o que foi?

— O que foi? Não sei. Você me diz, Anna Lara. Você está bem agora, depois da sua incursão espiritual no mundo das oferendas?

— Do que você está falando?

— Soube que a Amélia a levou naquele Centro Espírita dela! Que Deus tenha piedade da alma da Amélia, mas eu não vou deixar você se perder com ela! Tenho que livrar você desses obsessores!

— Para, mãe! Para com isso! Por favor. Eu não aguento mais. Você me encheu de remédios quando eu era pequena, me tratou como uma doente mental por causa das minhas "visões" e chegou até a me internar, mãe! — Lágrimas saltam dos meus olhos e não consigo controlá-las.

— Minha filha, quando você era pequena, você teve uma espécie de amnésia. Uma espécie de surto psicótico que a tirou do ar por duas semanas. Pensamos que você poderia ter algum problema neurológico e a levamos no melhor especialista nessa área, o psiquiatra infantil, Dr. Ulisses, muito conceituado até hoje, inclusive. Nunca fiz nada que não fosse para o seu próprio bem!

— "Para o meu próprio bem"? Mãe?? Você me colocou naquele inferno...

— Minha filha, depois desse episódio horroroso, você começou a ver aquela mulher. Você entrou em um quadro de alucinação. Precisava tirar você desse lugar. Tirar você de onde quer que você estivesse. Eu e o Marco Aurélio sempre estivemos do seu lado, mesmo que você não acredite nisso.

— Eu só sei que, se não fosse pelo meu pai, que me tirou daquele inferno, eu ainda estaria lá! Meu pai acreditou em mim! Ele sabia que não era alucinação!

— Ah! Anna Lara! De novo essa história da sua tia Amélia? Essa coisa de espírito não é de "Deus", Anna Lara! Esses obsessores só existem porque saem do inferno para nos atacar! Seu pai preferiu seguir esses diabos e olha só onde ele está. Olha só o que aconteceu com a nossa Caroline! Vamos parar com essa história! O que a livrou dessas "alucinações do Demônio" foram os remédios que lhe demos e as orações fortes do Marco Aurélio!

— Mãe, não desacredito no poder das orações do Marco Aurélio, mas foi a tia Amélia que me fez parar de ver a moça. E também não foram os remédios...

— Chega! Vamos parar por aqui, Anna Lara. Não quero mais ouvir essa história! Você só está assim, nesse estado, porque foi nesse lugar imundo!

— Meu filho estava deformado, mãe! Ele não iria ter uma vida normal. Você sabe disso!

— E o que é uma vida normal para você, Anna Lara? A sua vida? Ele era um ser de Deus! Um ser que merecia ter vindo ao mundo! Meu neto. — Nesse momento, uma pausa amarga o rosto sofrido da minha mãe e percebo que ela está sufocada de tanta dor... — E esse neto ia me trazer a alegria que eu perdi com a partida da Caroline... — Estarreço-me com tanta tristeza. Não sabia que esse neto era tão importante assim para a vida da minha mãe. Não fazia ideia de que existia tanta expectativa em torno da chegada dele. Não queria carregar mais essa culpa.

Ficamos em silêncio até chegarmos ao consultório. Depois da consulta, havíamos combinado de almoçar pela Barra mesmo, mas peço a minha mãe que me deixe em casa. Ela percebe que se excedeu e resolve fazer as pazes, como sempre.

— Me desculpe, minha filha. Não podia ter falado assim com você. Eu me excedi.

— Como sempre.

— Anna Lara, não seja rancorosa com sua pobre mãe. Sei que exagerei. Às vezes, erro como qualquer ser humano, minha filha.

— Está bem, mãe. Vamos esquecer essa história. Mas me deixe em casa, por favor. Estou exausta e com sono por conta desses remédios que ando tomando...

Nos abraçamos caladas por muito tempo. Não me lembro de ter recebido um abraço desses desde que minha mãe se casou com Marco Aurélio. Ele é um homem superdominador e ciumento. Não deixava minha mãe fazer nada sozinha, nem com as filhas. Também queria que nós o amássemos como se fosse um segundo pai, mas a verdade é que ele nunca nos conquistou para isso. Não sei explicar por que sinto tanta raiva do Marco Aurélio, mas a verdade é que o odeio com todas as minhas forças! Desde o começo, quando entrou em nossas vidas, até hoje.

À tarde, resolvo sair para tomar um ar. Já passou quase um mês que saí do hospital e ainda me sinto estranha. Não sei se as sessões com a Dra. Kauffmann têm me ajudado tanto quanto eu esperava. Na verdade, eu me sinto cada vez mais deprimida. Pensando na Dra. Kauffmann, percebo que a única coisa que falo durante a terapia é no meu relacionamento com o Jota. E por que isso importa tanto para ela? Se o Jota é apenas uma parte — torta — da minha vida? Ele não é o centro do meu universo como ela tem colocado nas análises, ele só faz parte dele. Não entendo por que tanto interesse na nossa vida sexual...

Resolvo ligar para o Ricardo durante minha caminhada na praia e pergunto se ele pode me encontrar no café do shopping Rio Design do Leblon. Ele pode, claro. Vou caminhando e chego em cinco minutos. Quase meia hora depois, ele, sempre atrasado, chega correndo e suado. Seu suor me dá asco. Lembro-me da vez em que tive que chupá-lo até que gozasse. Gozo ralo, com cheiro de óleo de amêndoas. Acho que ele usa esse óleo. Não sei, mas, quando o vejo, percebo-o sempre um pouco ensebado, um tanto gorduroso.

— Oi Lari! Tudo bem com você? — E me olha com esse olhar de ternura... Olhar de amor. Acho que é desse amor que tenho nojo. Esse amor de "irmão", amor de quem pensa em fazer amor como no filme "Love Story". Essa forma de amar me cansa, me tira a vontade de fazer sexo. Por isso jamais conseguiria me envolver com Ricardo — se Jota não existisse é claro! —, porque ele tem uma forma terna de amar. Uma forma que me remete à forma do Marco Aurélio com minha mãe. E não sei por que, mas essa forma é algo que jamais consegui suportar! Passei minha vida tentando entender por que preciso tanto de um amor sacana, por que me encontrei tão plenamente feliz em meu relacionamento com o Jota e, finalmente, por que preciso tanto desse amor sujo e pervertido?

— Oi, Ricardo! Tudo mais ou menos. Muitas questões, muita dor ainda. Tenho pensado em te ligar já faz um tempo. Hoje tomei coragem.

— Fala, minha querida, pode falar tudo comigo. — Nesse momento, Ricardo apoia sua mão na minha, que está repousando sobre a mesa. Sinto o suor escorrer pela pele de dentro da palma da sua mão e tocar na pele superior da minha. Remeto-me ao nosso contato sexual, carne com carne, suor, gozo e saliva. Lembro-me do olhar do Jota me devorando devagar, aproveitando cada movimento do Ricardo para me tocar e percebo seu sorriso de satisfação ao me ver gozar de prazer...

— Ricardo, tenho frequentado as sessões da Dra. Mariana, mas confesso que acho essa mulher muito estranha. Não sei se é normal e por isso te pergunto, já que você é o profissional aqui, a psiquiatra se interessar tanto pelos detalhes mais sórdidos e íntimos de um casal. Às vezes me sinto como se estivesse fazendo um *ménage à trois*.

— Ciúmes, Lari? — E sorri de forma irônica esse homem com cara de veterano de guerra!

— Não propriamente, Ricardo. É mais um incômodo. Não quero ser manipulada.

— Mas manipulados somos todos, conscientes ou inconscientes, Lari.

— Como assim?

— Ora, eu mesmo. Estou aqui, não estou? Você sabe, sempre soube que eu te amo, Anna Lara. Te amo desde sempre, antes mesmo de transarmos. Eu te amo e te desejo demais. Não consigo parar de pensar em você.

— Ricardo, eu sou casada. Casada com seu amigo! Para com isso...

— Eu sei, Lari... O meu amigo, seu marido. O mesmo que te ofereceu para mim por uma aposta idiota! E que ficou nos vendo transar, excitado. Você acha que eu não sei? O que o Jota tem para te entregar? E não me diga que é amor porque isso não é amor! Isso é excitação, é tesão. É tudo, menos amor. Amor é o que eu sinto por você. Vontade de cuidar de você, de ter você por inteira... para mim.

— Ricardo, realmente eu...

— Anna Lara, minha "Lari", o que eu quero te dizer é que eu sei que você está ligada ao Jota de uma forma muito profunda e emocionalmente muito mesclada, confusa. E o fato de te amar assim, tão profundamente, só me deixa mais confortável na posição de submisso a esse amor, ou, digamos, "manipulado conscientemente".

— Mas você não está sendo manipulado, Ricardo!

— Não. Estou me deixando ser manipulado. O que é diferente, mas no fundo nem tanto assim. Eu estou aqui, não estou? Estou aqui te esperando para te valorizar realmente, da forma que você merece. E, mesmo sabendo que esse dia provavelmente nunca chegará, continuo aqui.

— Ricardo. Não sei nem o que dizer...

— Não diga nada, Lari. Só não tente entender tudo o tempo todo. Nem nós, psiquiatras formados, conseguimos entender tudo, que dirá você, uma pessoa que está passando por esse tipo de situação.

— Você quer dizer ainda mais eu, uma pessoa "maluca"?

— Meio... — E nós dois rimos e mudamos de assunto. Passamos pela minha mãe e pela Caroline até chegar a meu trabalho, de como eu faria para enfrentar todos que me conheciam tão bem e que me viram feliz com minha barriga gigante de quatro meses. O que dizer? Que tipo de "acidente" eu teria sofrido para perder meu tão esperado bebê? No dia seguinte, eu teria de enfrentar essa situação e estava realmente preocupada com a reação das pessoas...

Saímos do café e, como bons amigos, fomos até uma livraria próxima para escolher alguns livros. Uma paixão que compartilhamos são os livros de história. Trocamos sempre vários exemplares e chegamos a colecionar edições mais antigas...

Capítulo 11

SEGUNDA-FEIRA, DIA 04 DE SETEMBRO DE 2006

Chega o dia de voltar ao trabalho. Depois de quase um mês afastada, não tenho coragem para voltar a trabalhar, para enfrentar a cara de reprovação do pessoal da agência... todos me viram grávida, minha barriga já estava grande. Eles vão saber que eu tirei o bebê! Essa história de que sofri um aborto espontâneo não vai colar... de repente tenho medo. Tenho medo de tudo o que a vida tem para me oferecer. Tenho medo da vida.

Na agência, todos me olham com um olhar de pena, acham que eu perdi o bebê e evitam falar sobre o assunto. Meu chefe, o Rômulo, e a Maria Amélia, minha melhor amiga, sabem que o bebê tinha problemas, por isso o choque psicológico e o tempo que eu precisei ficar afastada... Maria Amélia deve estar chateada comigo porque sumi por todo esse tempo. Ela não sabe do coma e de todo o resto. Um dia eu explico, por ora, tenho somente que voltar.

— Larinha!!! Que saudades! Como você está??? — Ela vem correndo ao meu encontro. Sou executiva de contas e Maria Amélia trabalha na parte da criação das artes publicitárias. Com 1,60 metro, cabelos curtos castanhos e olhos também castanhos, Maria Amélia aparentemente não possui nenhum atributo físico que a destaque na arte de seduzir. Embora não seja dotada de grande beleza, ela consegue usar toda a sua criatividade como arma para suas conquistas amorosas.

Minha "Meli" é uma menina tímida e meiga. Ela trabalha sempre comigo para os meus clientes. Formamos uma bela dupla. E o fato de ela ser gay jamais me incomodou, pelo contrário, sabendo da preferência dela por mulheres até me senti aliviada por saber que ela não me julgaria pelo meu sórdido relacionamento...

— Oi, Meli. Melhor, eu acho.

— Você teve alguma complicação? Por que não atendeu às minhas chamadas? Você está chateada comigo?

— Calma, Meli, calma. Não é nada com você, eu juro. Só estou mesmo chateada pelo que aconteceu...

— É. Muito triste mesmo. Conversei muito com a sua mãe, ela falou?

— Falou sim, Meli. Ela me contou que você ligou para saber de mim. Obrigada pelo carinho!

— Amiga, não precisa agradecer, a única coisa que você precisa é ficar bem!

Tentando melhorar o clima, Maria Amélia refaz o rumo da nossa conversa:

— Bom, ganhamos umas novas contas, a da Digital Books e a da Zeedy. E... Temos uma nova secretária, uma loura de tirar o fôlego!

— Humm, sei. E você já ficou amiga dela? Já a convidou para sair?

— Não. Mas não vai demorar muito!!!

— Imagino!!! Quero conhecer essa sua nova amiga, hein?

— Vamos almoçar com ela hoje, que tal?

— Não sei, Meli. Não estou muito no clima para sociais. Prefiro almoçar só com você, se não se importar. Queria ficar mais quietinha.

— Entendo, amiga! Vamos almoçar só nós duas! E quero que saiba que você pode contar comigo para tudo o que você precisar, tá?

Respondo sim com uma leve balançada de cabeça e seguimos para as nossas baias. Quando eu chego à minha baia, encontro um buquê de flores azuis com um cartão:

"Anna Lara, nosso amor é como essas rosas azuis,
lindo, delicado, cheio de espinhos e diferente... Jota Jr."

Um mar de saliva desce difícil pela minha garganta e chega até a boca do meu estômago. Minha gastrite começa a gritar e meu corpo todo se estremece. Ele sabe. Sabe que estou infeliz e que penso em reconstruir minha vida de uma forma diferente e, por isso, está jogando todo o seu poder de sedução para me prender. Ele sabe o que me emociona e usa isso.

Não penso em me separar dele nunca, mas quero recomeçar meu casamento de outra maneira. Quero que ele agora seja só meu e eu dele. Quero pureza de almas e de vida. Não quero mais entrar nessa roda-viva de emoções loucas, de tesão explícito e gozo mágico à custa de muita sacanagem. Não quero mais "sacanagem"... quero uma vida normal, com altos e baixos de qualquer casamento, mas com uma realidade possível para criarmos nosso filho, quando ele finalmente chegar. Hoje estou mais convencida de que as palavras da minha mãe fazem sentido. Não vou virar uma evangélica fervorosa, mas vou "tentar". Tenho que fazer alguma coisa para salvar a minha alma de pecadora...

Resolvo ligar para minha mãe e contar a novidade. Ela pula de alegria do outro lado da linha. Diz que o Marco Aurélio vai fazer um culto amanhã para mais de quinhentos fiéis, mas amanhã não é um bom dia. Tenho que focar no meu trabalho, acabei de voltar e faltar já no segundo dia pega muito mal. Combino de ir no sábado seguinte. Na verdade, já estou um pouco arrependida de ter dado essa notícia assim, sem nem pensar melhor. E o Jota, o que vai dizer quando souber? Será que vai achar que eu estou virando puritana? Ele detesta evangélicos. Considera-os fanáticos. Mas fanatismos não é algo de que o Jota possa mesmo reclamar, já que ele, mais do que ninguém, é superextremista.

O dia termina bem. Pela primeira vez desde o hospital, estou dirigindo meu carro. É uma Land Rover preta com o interior bege. Carro para mim tem que ser preto. Preto, preto e preto. Sempre preto!!! Minha cor preferida... Reparo que eu também estou toda de preto, incluindo bolsa e sapato. Coloco um dos meus CDs de piano. Não há música mais relaxante que as notas de um piano. Uma sintonia em especial insiste em ecoar em minha mente, mas, simplesmente, não consigo encontrá-la em nenhum disco meu, ou mesmo na internet. Já a busquei em todos os lados, mas parece que ela não existe, que eu a inventei. Já me disseram várias vezes que ela não existe, mas eu não acredito. Sei que um dia vou encontrá-la.

Chego em casa, Jota já está me esperando. Disse que a Dra. Kauffmann havia ligado e marcado uma consulta com ele também.

Parece que ela quer escutar o que ele tem a dizer sobre mim para ajudar no tratamento. Fico um pouco constrangida por saber que estarão falando de mim sem a minha presença... pergunto se ele quer que eu o deixe na consulta, já que o meu horário é sempre pela manhã bem cedo, e ele me diz que não, que ela reservara os dois últimos horários para o atendimento.

Entro na ducha, enquanto Jota prepara um risoto de camarão para nós. Saio e, ainda molhada, ele me oferece uma taça de vinho rosé. Tomo o primeiro gole e espero sua ordem para que eu me vire. Feito! Manda que eu me vire e entorna o vinho na parte de trás do meu pescoço. O líquido escorre pelas minhas costas chegando até a região da minha lombar, onde para e escorre para a divisão da minha bunda. E é ali, no meio do meu rabo, que ele começa a me lamber toda. A lambida passa para a frente e termina na nossa cama, ao som das partituras perdidas que insistem em tocar no fundo da minha mente...

Capítulo 12

No dia seguinte, saio cedo para o trabalho porque tenho uma reunião com o dono da agência sobre uma nova conta que ganhamos, a conta da Zeedy, uma loja fashion de roupas femininas. A caminho do trabalho, resolvo olhar meu celular para checar meus e-mails. Acho que o efeito dos remédios me deixa um pouco distraída e, quando me dou conta, estou quase ultrapassando um sinal vermelho. Piso no freio bruscamente e o carro faz aquele barulho estridente de rodas queimando no asfalto. O celular cai embaixo do banco e meu rosto quase bate no volante. Refaço-me do susto e busco o meu celular. Depois que o encontro, levanto a cabeça e vejo a moça ao meu lado no banco. Levo mais um susto, dessa vez maior ainda, e fico completamente paralisada. Nunca a tinha visto com tamanha perfeição na minha frente. Parece uma pessoa de verdade, só que está um pouco transparente. Os carros atrás de mim começam a buzinar e, antes de sair com o carro, vejo-a soletrar o nome "Kauffmann". Olho para a frente e, em um segundo, ela não está mais lá.

Passo o dia pensando no que aconteceu. Não sei se devo comentar sobre isso com a Dra. Kauffmann ou se guardo para mim a história da moça. Opto por esconder esse fato um pouco mais, em função do meu passado trágico, no qual fui submetida a vários exames e tratamentos para tirar a "moça" da minha mente. Mas fico com uma impressão de que deveria ir à consulta hoje. Tento arrumar uma desculpa para aparecer lá sem parecer para a Dra. Kauffmann e para o meu marido que estou com algum tipo de ciúmes. Jamais gostaria de passar essa impressão para o Jota. Mas, pela primeira vez na minha vida, sinto realmente uma espécie de ciúmes dele. Não sei se é pelo fato de ela saber tanto e tão profundamente sobre nós, que me deixa mais vulnerável do que com as outras mulheres, que só conhecem o Jota na cama, quando elas o tocam superficialmente. Nenhuma delas o conhece tão profundamente; elas não conhecem a sua alma. Só eu e, agora, a Dra. Kauffmann.

Depois de quatro bombadas de Aerolin e o dia todo com taquicardia, resolvo ir até o consultório. A consulta do Jota é às 17 horas. Chego atrasada, às 17h20. Quando ia tocar a campainha, a Talita, secretária da Dra. Kauffmann, abre coincidentemente a porta. Ela me diz que a Dra. Kauffmann já está atendendo o Jota e que ela está saindo mais cedo hoje. Ela se oferece para subir comigo, mas eu digo que não necessita, que a consulta é conjunta e eu que havia me atrasado. Digo para ela ir tranquila que vou fechar a porta por dentro. Ela vai. Eu fico gelada. Subo as escadas com medo de ser ouvida. Não quero que eles me vejam espionando, mas não resisto à tentação de saber o que está sendo falado sobre mim.

Chegando ao segundo andar, percebo uma certa tensão sexual no ambiente. Minha respiração também se torna ofegante nessa "manjedoura psicossexual". Escuto um pouco da conversa:

— Jota, o que você gostaria de fazer sexualmente com sua esposa, que ainda não fez? Ou que ainda não teve coragem de fazer?

— Ora, doutora... não me faça uma pergunta dessas... — Ele ri. —. Coragem? Tenho coragem para foder qualquer pessoa de todas as formas possíveis... não me falta coragem... O que eu ainda não fiz com minha esposa? — Conheço meu marido melhor do que ninguém. Ele deve estar desesperado para pôr em prática as milhões de safadezas que declara em palavras, com todos os acentos, sílabas e pontuações... torço para que ele não fale nada desrespeitoso para minha médica. Ela não deve saber com quem está falando...

— Sim, Jota. O que você ainda não fez com sua esposa que gostaria de fazer?

— Várias coisas... tenho vários planos para o nosso sexo. Na verdade, sou um homem muito criativo, doutora... muito criativo.

— E o que você tem vontade de fazer SEM a sua esposa? — Nessa hora, eu percebo que essa consulta não é sobre mim nem sobre o Jota. É sobre ela! Essa mulher está me manipulando há semanas e eu só descobri agora! Ela já havia planejado esse encontro. Como não pensei nisso? Todo o tempo ela estava planejando transar com o Jota!

— Eu gostaria de fazer várias coisas, doutora... A primeira delas é te comer, te comer muito... te comer de verdade, com força e com maldade... Quero te comer de quatro, como uma cadela, em cima dessa sua mesa.

— E o que você está esperando, Jota? — pergunta uma entusiasmada Mariana, já desfigurada da personagem de médica e "vestida" de mulher. Lentamente abro uma fresta de porta e vejo a seguinte cena:

Ele se levanta rapidamente e começa a abrir os botões do seu jeans rasgado. Tira a camisa e mostra seu abdômen impecável, cheio de gomos de músculos expostos na horizontal, em contraste com os músculos laterais que descem como uma cachoeira em direção à sua virilha. Suas veias se ressaltam deixando à mostra sua pulsação acelerada. Ele coloca seu pau lindo para fora, já duro, rosado, circuncidado, limpo. Os olhos da Dra. Kauffmann se arregalam, ao mesmo tempo em que se contorce na sua poltrona. Ele puxa os cabelos vermelhos da mulher devassa e manda que o chupe. Ela o engole com vontade e, em movimentos bruscos e desesperados, enfia o júbilo o máximo possível para dentro de sua cavidade, chegando a atingir sua laringe. Suas mãos circundam as esferas do bumbum, apertando com toda a vontade primitiva. Ele, de repente, a afasta, puxando-a pelo cabelo para trás e, com a cara mais aficionada do mundo, diz: "tira a roupa". Ela começa a tirar delicadamente até mostrar todo o corpo branco com sua pele aveludada e pelos púbicos alaranjados. Ele pede que ela abra sua genitália rosa e exponha seus lábios gordos e molhados. Começa a lambê-la incessantemente e, em poucos segundos, escuto-a gozar na boca do meu marido. Eu me encharco de tesão, ao mesmo tempo que a odeio com todas as minhas forças. Ela conseguiu quebrar uma barreira nunca antes penetrada. Conseguiu seduzir meu marido a ponto de fazê-lo me trair. Penso em entrar nessa sala e acabar com a alegria deles, mas continuo ali, paralisada. Uma força me mantém presa àquela cena. Não consigo parar de ver a cena em que estou sendo traída. Essa dor me machuca e me humilha. Não sei por que, mas quero esperar até o momento em que o Jota goze. Aí, sim, posso entrar e deixar um gosto amargo na alma dele. Depois de beber o gozo da desgraçada, ele a levanta da poltrona, vira-a contra a mesa e a come de quatro, com exatas sete entradas bruscas em seu interior. Goza pecaminosamente de olhos fechados com seu rosto levantado. Acalma sua respiração, ao mesmo tempo em que espera seu tesão diminuir de tamanho. É o momento certo para entrar. Mas não entro. Sinto-me muito envergonhada para entrar em uma cena em que nada posso fazer. Já está consumado o ato de traição. Eu prefiro me colocar no meu lugar, no lugar da esposa maluca que é traída pelo marido e por sua própria psiquiatra.

Saio devagar sem fechar a porta para não ser ouvida. Desço as escadas e saio em direção à Rua Vinícius de Moraes. Começa a chover. Não sei para onde ir, mas não quero pegar meu carro. Caminho em direção à praia, na chuva. No caminho, percebo que estou passando em frente ao antigo prédio onde morava a vó Lia. Lá moraram a minha mãe e a tia Amélia com a vó Lia por quase toda a sua vida. Fico parada observando o edifício velho com cor amarela. É um prédio antigo, construído na década de trinta, com uma portaria de madeira com um grande vidro por toda a sua extensão. O apartamento fica no primeiro andar e nele estão escondidas várias histórias da minha família. Nele, "as paredes sangram", foi o que disse vó Lia antes de morrer...

Chego à praia e me sento na areia. Estou só, a chuva aperta. Fecho os olhos e lembro-me de quando era pequena. Consigo me ver brincando na casa da vó Lia...

O grande corredor levava até o jardim de inverno, localizado no vão central do apartamento. À direita, um corredor levava para a suíte da minha avó; para a esquerda, outro corredor se formava para os dois quartos restantes, um da tia Amélia e o outro que havia sido da minha mãe. Lembro-me de ir para o lado esquerdo em direção ao antigo quarto da mamãe. Lá estava um homem de costas sentado na escrivaninha. O homem tinha costas largas e cabelo escuro. Olho para o corredor do outro lado e vejo, em frente ao jardim de inverno, a silhueta da moça. Agora me lembro de que foi o primeiro dia em que a vi. Ela me chama e eu não vou, fico com medo. Corro para dentro do quarto, em direção ao homem que está sentado. Tudo fica escuro de repente. Escuto a música de piano, alguém a está tocando na sala. Quando percebo estou no banheiro da vó Lia, toda ensanguentada. O sangue escorre pelas minhas pernas e eu não consigo fazer parar. Sinto vergonha, muita vergonha. É uma vergonha que me paralisa, me imobiliza. Não consigo me mexer, não sei o que fazer. Vó Lia bate à porta, eu não abro. Ela insiste e eu pego a gilete da tia Amélia e corto minha virilha, perto do local onde sangra. Vejo minha carne abrir como um corte de rosbife bem malpassado e suculento. Sinto nojo e vomito. Os restos de comida misturam-se com o sangue que agora encobre todo meu pequeno corpo feminino de apenas sete anos. Abro a água do chuveiro e me encolho dentro da banheira amarela. Lembro-me de ter voltado à vida somente duas semanas depois disso... Foi o período em que "saí do ar".

Quando abro os olhos, a chuva já havia passado. Não quero voltar para casa. Não quero ver a cara do Jota...

Resolvo ir para a casa da tia Amélia e lá passar a noite. Desligo o celular para que o Jota não me encontre.

No dia seguinte, volto para casa. Jota está acordado me esperando. Começa a gritar antes que eu possa falar qualquer coisa. Faço um gesto de silêncio e mando que se cale. Ele soca a porta e se torna mais agressivo. Eu lhe dou um tapa na cara e ele me agarra pelo pescoço.

— Chega, Jota! Pra mim chega! Nosso casamento termina aqui! Eu não aguento mais você!!!

— O que está acontecendo, sua maluca??? Por que você sumiu desse jeito? Você quer ir embora? Então vai!!

— Eu vou sim, Jota! E aí, você fica com esse apartamento liberado para colocar a sua ruiva aqui dentro...

— O quê? — Seus olhos arregalam-se de terror. — Do que você está falando? — Ele tenta se certificar do que estou falando antes de se entregar.

— Estou falando da minha médica, Jota. Da mau-caráter da psiquiatra que deveria cuidar da minha cabeça fodida, mas que, em vez disso, prefere foder com o pau do meu marido! Estou falando de você, seu babaca, que, mesmo sabendo pelo que estou passando, é tão pervertido que não aguenta ficar com esse pau dentro das calças e acaba comendo a primeira mulher que abre as pernas. — Nessa hora sou interrompida com um beijo demorado. Sinto suas lágrimas molharem minhas bochechas. A nossa respiração iguala-se.

— Anna Lara, perdão. Perdão. Eu errei. Não tenho o que falar. Vamos fazer o seguinte: eu vou para um hotel e te deixo um tempo sozinha. Você me procura quando estiver mais calma. Tome o tempo que quiser. Eu só posso pedir perdão...

— Jota, você está acabando comigo. Você está me destruindo! Não sou mais quem eu costumava ser, e não gosto da pessoa que me tornei. Sou uma escrava sexual sua que tem que aturar tudo em nome de um jogo perverso e imoral. E o pior é que você joga sujo. Você mesmo quebra as suas regras idiotas! Você coloca nossa relação em um nível em que tudo é muito fácil, só que na realidade não é...

— Anna, eu sempre fui fiel do jeito que combinamos. Essa foi a primeira vez. — Nesse momento, ele engasga com sua própria saliva, fruto da sua reação cínica e típica do cafajeste que é. — Quero dizer, foi a primeira vez que aconteceu desde que nos casamos...

Lembro-me bem da primeira vez que fui traída. Levei um choque por ver meu amor com outra mulher na cama dele, quando ainda namorávamos. Ele me deixou em casa e foi buscar a Marcelle, uma amiga íntima dele que se julgava a "melhor amiga" — depois entendi o porquê... —. Eu recebi um telefonema da Rosana, minha prima que, coincidentemente, era vizinha de porta da Marcelle. É claro que o Jota nunca imaginou que eu tivesse uma prima morando no mesmo prédio da sua "amante ocasional".

Foi a primeira vez que terminamos depois de quatro meses intensos de namoro. Ele ficou devastado. Me procurou por semanas, mas eu me mantive firme na minha posição. Não aceitaria jamais ser traída pelo homem que amava. Mas com o tempo fui sentindo falta dele. Acho que, na verdade, senti mesmo foi falta do seu toque, do seu cheiro. Falta do olhar dele. Porque nunca ninguém havia me olhado daquela forma. Eu era admirada por muitos minutos seguidos, sem nenhum momento de distração. Era o objeto dos seus desejos quando seus dedos tocavam delicadamente a lateral do meu corpo, fazendo um desenho imaginário da minha silhueta nua. Ele me escrevia as mais lindas poesias sexuais e me mostrava as mais diversas formas de fazer sexo a dois. Ele me seduziu na cama e em todos os momentos em que não estávamos nela. Era nisso que meu corpo havia se viciado: *no desejo dele por mim*. Não saberia descrever um amor mais profundo do que o que ele me apresentava. Foi ele e sua forma poética de me amar que me fizeram voltar aos poucos ao mundo negro do meu Jota viciado em drogas e putaria.

No começo, resolvemos "ficar" por umas três semanas, apenas transando e buscando um ao outro em trocas de olhares que diziam muito subliminarmente o que estava para acontecer. Um dia, Jota me buscou na faculdade e me disse que teria de ter uma conversa séria sobre o nosso futuro. Fomos até o mirante do Leblon e pedimos duas caipirinhas. Jota, providencialmente, havia levado um cigarro de maconha com skank, que fumamos um pouquinho no carro, até que o vidro ficasse completamente embaçado e tivéssemos de sair, às pressas, rindo e cambaleando. De repente, Jota parou e me encarou como nunca fizera antes. Ele me disse que me queria para a vida toda, mas não para uma vida medíocre e quadrada, na qual eu havia sido criada. Ele me disse que me queria para ele, do jeito dele, inserida na vida dele.

Lembro-me bem das suas palavras:

— Anna Lara, eu quero me casar com você. Mas não quero me casar da forma com que você está acostumada. Quero me casar com seu corpo e com sua alma. Quero fazer um "pacto de vida": quero você toda para mim, como minha mulher, meu objeto de prazer, minha deusa e minha puta.

Nunca havia escutado em toda a minha vida uma proposta de casamento tão estranha e tão sedutora. Ser dele? Como uma deusa e como uma puta. Como eu poderia resistir a essa proposta? Mas o encanto logo se foi quando ele continuou a explicar sua "proposta".

— Anna Lara, para termos uma vida juntos, você primeiro precisa me conhecer e depois você tem que me aceitar. Não quero te obrigar a fazer nada que você não queira, nunca. Mas vou precisar mudar você. Mudar seus conceitos sobre exclusividade no relacionamento.

Na hora entendi que se tratava de aceitar as traições ocasionais com a Marcelle ou com outras mulheres que ele desejasse, mas não. A sem-vergonhice dele era tanta que a realidade era ainda mais intrigante.

— O que eu quero te propor, Anna Lara, é um relacionamento "aberto". Um relacionamento no qual nós vamos poder delirar de prazer com os corpos de outras pessoas, como instrumentos para nos excitarmos mais ainda. É um caminho sem volta, então você tem que pensar bem se o quer. Mas eu te garanto que você vai gostar. Você vai estranhar no começo, mas, depois que essa prática entrar na nossa rotina, você vai querer sempre. É como um vício. É um vício puto. E eu sou completamente viciado nisso! Não vou conseguir viver sem

isso, Anna Lara. Essa é a forma que eu sei amar, me apoderando da pessoa que eu amo e fazendo com ela tudo o que me dá prazer...

Hoje percebi que nunca deveria ter aceitado essa proposta suja de um casamento promíscuo, mas foi a única opção que ele me deu para continuarmos juntos. Fui fraca, eu sei. Mas não consegui resistir à tentação de entrar pela porta que se abria para mim. Era uma vida de luxo, de festas, de amor incondicional cem por cento do tempo e, também, uma vida de orgias rotineiras. As minhas exigências, as únicas que fiz, foram a de que nunca existisse sexo com outras pessoas sem mim e que fosse sempre algo combinado antes. Ele me jurou que jamais tocaria em qualquer mulher que não fosse tocada antes por mim e sob meu olhar.

Confesso que, no começo, quando o sexo era a três, com a presença de uma mulher, eu conseguia me excitar acariciando peitos e vaginas, mas não conseguia relaxar vendo meu homem beijando e fodendo outra mulher. Foi muito difícil, mesmo com a ajuda de ecstasy e álcool... com o tempo, fui me acostumando a essa dinâmica e acabei gostando de fazer esse tipo "alternativo" de sexo. A primeira vez que um homem me penetrou na frente do Jota, vi algumas lágrimas nos seus olhos e, para minha surpresa, algo inesperado aconteceu! Ele se levantou da poltrona, em que estava sentado assistindo ao "espetáculo", e começou a beijar o homem que antes estava transando comigo! Em pouco tempo, ele estava curvado, apoiado na sua cômoda chinesa, e completamente entregue ao homem que pouco antes estava me comendo. Fiquei paralisada e ele me encarou o tempo todo em que estava sendo penetrado. Nunca achei que meu Jota seria capaz de fazer isso porque ele jamais me pareceu ser gay. Ele era sempre muito másculo e até irônico com os temas relacionados aos homossexuais...

Mas, depois dessa experiência, entendi o sentido do "sexo aberto". Não era um sexo aberto somente para mim; era um sexo aberto para os dois para que, juntos, pudéssemos encontrar o "prazer proibido". Era uma espécie de libertação de todas as regras e condutas sociais opressoras. Era um ato sublime de nos entregarmos a todo tipo de perversão em um mundo só nosso. Todos os parceiros de orgia sempre foram reles e, somente, parceiros de orgia. Eram pênis e vaginas providenciais à nossa esbórnia... e, no final de cada orgia, havia sempre uma nova poesia a ser recitada ao som de partituras de piano, entorpecidas por mãos calejadas de tantos toques pecaminosos e, invariavelmente, prazerosos.

Toda essa liberdade havia sido conquistada. Em um primeiro momento, eu aceitei algo que não me parecia certo. Mas com o tempo eu entendi que essa dinâmica me faria ser a única mulher importante na vida do meu Jota. A mulher com quem ele se casaria, que reconheceria perante toda a sociedade, que ele amaria mais que a própria vida e, finalmente, a mulher com quem ele teria vários filhos. Essa mulher não poderia ser alguém que não eu mesma. Nunca aceitaria dividir o olhar de desejo do meu homem com outra mulher. Aceitei o desejo carnal, mas jamais aceitaria o desejo de possuir essa mulher por completo. Esse olhar, o olhar que ele me dá, na nossa cama, todas as noites antes de dormir, esse olhar é só meu.

Voltando a encará-lo, depois de todos esses pensamentos do passado, começo a chorar muito. Grito para que ele saia da minha frente e arremesso o primeiro objeto que vejo na minha frente. É uma caixinha de cerâmica onde guardamos todo o nosso estoque de drogas caseiras. O quarto fica cheio de maconha e cocaína espalhadas pelo chão.

Ele baixa sua cabeça e vai embora. Encosto a testa na porta branca e fecho os olhos. Viro-me com as costas para a porta e desço lentamente até alcançar o chão sujo de tantas drogas. Sinto frio, muito frio. O frio incontrolável de um momento que não pode ser resgatado. O frio do arrependimento, do sentimento de fracasso, de um triste fim. Esse frio faz eu me sentir só como eu nunca me sentira antes. Um frio profundo, sombrio. Vejo meu passado passar por mim e me empurrar mais uma vez para o abismo.

No meio de tanta dor, só consigo pensar que sou mesmo uma desgraçada. Uma pessoa merecedora de toda a desgraça de ver partir o amor da sua vida. Acho que é o troco que a vida está me dando pelo que fiz com meu Miguel. O meu filho, morto no meu ventre com quatro meses. Minha barriga já estava grande quando eu descobri a deformidade dele. Fui fraca, muito fraca. Não consegui suportar a dor de trazer ao mundo um ser incompleto, deformado. Logo eu, que sempre fui tão vaidosa com meu corpo... não conseguiria assumir que era mãe de monstro! Sinto-me tão suja! Por que não o deixei viver do jeito que ele era? Por que deixei o Jota decidir sobre o nosso filho?

Olho para baixo e o pó branco parece reluzir neste momento, convidando-me para a festa e oferecendo-se para ser meu melhor amigo. Coloco-me de quatro e, como uma cadela devassa, começo a cheirar todo o pó branco que não foi engolido pelas frestas de madeira do chão de tábuas corridas.

Capítulo **13**

Adormeço em posição fetal e, depois de alguns minutos ou horas, vejo-a em pé ao meu lado. Está com a mão estendida como se me pedisse para levantar. Seu cabelo está bagunçado e seu rosto com sua pele alva ainda está com o corte de navalha. Esse corte parece brilhar agora. Como se feito recentemente. Estranho que, toda a vez que entro no meu labirinto de depressão, eu a encontro assim, com sua ferida aberta, como se dissesse à minha alma o quanto o meu sofrimento a machuca.

Percebo que seu vestido preto também não está bonito como sempre... está rasgado na barra da saia e com ligeiro pó branco nas extremidades. Seu corselete vermelho está com os fios de seda, que o prendem em suas costas, soltando e seus pés estão sujos de terra.

Ela me convida a ouvir uma história e juntas seguimos para outro lugar...

Fecho novamente os olhos e, de repente, começo a me lembrar de uma cena que não faz parte da minha vida. Começo a me lembrar de um cavalinho de porcelana caído de uma estante, em uma casa velha. Lembro-me de um homem ruivo, de nome estranho... Henry Sto... Stoback. "Henry Stoback", isso! E a história fica clara na minha mente. Consigo vislumbrar a cena. E percebo que "ela" está presente nessa cena:

Envolta nos braços de Henry Stoback, depois de horas intermináveis de sexo violento, Maria Eugênia deteve-se por um instante a observar um peque-

no cavalinho de porcelana que havia caído de sua estante no momento em que foi jogada contra ela. O delicado objeto estava sem uma de suas patas, resultado do impacto ao chegar ao piso. Seus olhos mantinham-se firmes, e uma lembrança recorrente se fez presente, como se dissesse à sua alma:

— Não vou deixar que você me esqueça, mamãe... — Nesse momento a emoção tomou conta de Maria Eugênia e seu ódio, que há muito não a visitava, veio à tona brutalmente evocado. — Saia agora! Não quero ver-te nunca mais! — exclamou uma eufórica e raivosa Maria Eugênia.

— Não é assim que se trata o seu melhor cliente, Euge! Ora, ora. Enlouqueceu de vez? O que foi desta vez? — perguntou Stoback, enquanto colocava sua ceroula.

— Não me irrite mais, Henry. Não quero mais conversa. Só quero que... saia!

— Mas, Euge...

— Saia agora, "tu hombre de mierda"! Você não é mais bem-vindo nesta habitação!

Antes de sair, o homem de cabelos cor de fogo pôs seus sapatos e deixou em cima da mesa de cabeceira a quantia que devia pelo serviço. Maria Eugênia, enfurecida, correu em direção à porta e bateu-a fortemente contra Henry, deixando transparecer toda sua raiva. Lentamente, encostou sua testa na madeira escura e desgastada da porta e fechou os olhos. Uma dor profunda, avassaladora, que vinha desde muito tempo, encontrou um lugar em meio ao tempo presente de Maria Eugenia. Como uma explosão de sentimentos, sentiu uma lágrima começar a escorrer pelo seu rosto. E, em seguida, o fluxo natural de um pranto sem fim. Lentamente virou-se com suas costas para a porta e desceu, aos poucos, até alcançar o chão sujo de sua masmorra sombria. Enxergou-se pequena, incapaz.

Lembrou-se de seu filho. Seu Miguel. Morto em seu ventre quando tinha somente quatro meses. Fora arrancado. A visão de seu lânguido corpinho jogado no chão acompanhava-a. Estava ali, indefeso, inócuo, morto. O feto, fruto de amor proibido, saído corrido de uma história infeliz para dar fim à vida de encantamentos de uma triste menina. Morto, ao lado do corpo de Miguel, estava o sonho de ser mãe, de ver o milagre da vida formar-se dentro dela. Nesse útero maldito só cresceria o ódio, o rancor, a mágoa.

A sua fragilidade e a sua monstruosidade transformaramna em uma inimiga de si mesma. Era podre demais para deixar que um ser de luz invadisse seu corpo e lhe trouxesse a paz. Era pequena. Era puta e filha de puta.

A dor de conviver consigo era a pena máxima que podia alcançar. Sua culpa dilacerava sua alma a cada instante em que se lembrava... E todo dia enxergava um arcanjo caído ao lado da sua cama. E todo dia amanhecia com sangue nas mãos.

Em meio a esse turbilhão de pensamentos, Maria Eugênia levantou-se e decidiu partir. Para onde não sabia. Só sabia que não podia mais continuar a ser escrava sexual de homens famintos de obscenidades. Se viver de forma indecente fosse o carma de sua vida, que fosse ao menos de uma forma mais digna; se digna pode-se chamar alguém que é puta, que vende o corpo para carícias pagas em troca de vantagens materiais. Tinha boas intenções, mas era realista. Não conseguiria viver à sombra de um homem, como viu sua mãe viver. Agarrou, então, seu cavalinho de porcelana e suas poucas trouxas de roupas. Olhou pela última vez o prostíbulo em que vivia, em um quarto alugado nos fundos da mansão de Louise Becker.

Maria Eugênia levantou-se, abriu a porta de seu quarto e desceu as escadas do prostíbulo em direção à porta principal. A enorme escadaria de mármore não parecia gelada como de costume, e os adornos dourados do corrimão e dos quadros pendurados luziam incrivelmente brilhantes, como se estivessem refletindo muita luz vinda em sua direção. A porta principal estava aberta e não havia clientes ou outras putas. Era somente ela, Maria Eugênia, rumo à sua liberdade. Passou pela porta e seguiu adiante.

Saiu à rua. Começava a chover. Ela estava descalça, quase desnuda. Seus cabelos curtos, maltratados pela faca afiada de Louise, produto da vingança da senhoria, quando soubera que a "rapariga" havia se vendido a seu marido, não conseguiam esconder sua cicatriz. Maria Eugênia não tinha para onde ir. Já havia passado por vários lugares, vários homens e várias mãos. Já não identificava mais os limites que deveria impor a si mesma pela sua honra. Já não entendia o que poderia ser decente e moral. Sentia-se suja, imunda. Aos 21 anos de idade, havia se transformado em alguém que ela desconhecia. Era jovem, bonita e sombria. Trazia consigo uma bagagem tão pesada, que era praticamente impossível suportar suas dores, seus fracassos. Naquele dia, tudo mudou para Maria Eugênia. Ela decidiu acabar com seu sofrimento.

No momento em que Maria Eugênia pisou na terra batida que ficava à frente da "Casa Grande", assim chamado o bordel em que Mareu trabalhava, começaram a cair pequenas e espessas gotas de chuva que, em pouco tempo, encharcaram seu molambento vestido preto. Mas Maria Eugênia não se sentiu encharcada nem molhada. Tocava em seus negros cabelos pesados pela umidade que retinham, mas não sentia a água escorrer por suas mãos. Simplesmente "não sentia".

As distâncias também se comprimiam e a sensação de chegar mais próxima ao local que queria era fascinante. Não precisava se esforçar para alcançar. E, em um trocar de passos, começou a correr como se fosse uma criança. E um sorriso apareceu em sua triste expressão. Sentia-se renovada. Já não havia mais dor ou lamúria. Seu peito estava leve e sua respiração novamente serena. A frondosa árvore em cima da distante colina, que estava tão longe, de repente, apareceu à sua frente.

Nesse momento, eu não estou somente vendo essa cena, eu estou dentro da cena! E consigo sentir a água da chuva molhar meu corpo. Tento dar a mão para Maria Eugênia, mas ela está muito gelada! Não consigo tocá-la... quando a vejo, sua silhueta está ficando transparente e consigo enxergar a árvore por trás do seu corpo. Alguma coisa está errada... ela está... morta!

Uma tristeza profunda invade minha alma e eu sinto pena pela desgraça dela. Vejo o corte em seu pulso aberto, sangrando em pequenas e constantes gotas de sangue cor de vinho. Percebo que ela se suicidou dentro do seu quarto. Que jamais saiu de lá com vida. Que foi fraca. Que perdeu na sua batalha pela vida, foi sufocada por ela...

É quando uma entidade aproxima-se da alma dela e diz:

— Meu nome é Nefertite. Sou uma Deusa. Trabalho na linha entre o bem e o mal, a magia branca e a negra. O limite entre a vida e a morte. Em vários momentos da humanidade, fui confundida com as piores assombrações dos seres humanos. Não sou o mal completo. Apenas absorvo dele o que necessito para fazer sofrer os pecadores. Se perceber bem, não existem os "injustiçados" no mundo. Isso é tão somente uma perspectiva, um ponto de vista. Tudo o que acontece neste plano tem uma razão de ser. O sofrimento é gerado pelo próprio homem. Ele é o senhor do seu destino, é a sua salvação e a sua perdição. A luxúria, a vaidade, o poder. Todos criados pelo homem. Dele extraídos, nele condenados. Você é forte, guerreira. Preciso de soldados assim no meu exército. Quero sua alma a favor da "Legião da Justiça Divina". Por alguns séculos, você vai fazer a justiça com as almas perdidas que reencarnam. Vai seduzir para que matem ou morram. Seduzir para que sofram. Muitas doenças existirão para ajudarmos a trabalhar na limpeza deste espectro de imundices. Muitos já se uniram à causa. Tra-

balhamos com as blasfêmias da humanidade para fazer com que provem do seu próprio néctar. Às vezes, não chegamos a tempo em alguma existência, mas intercedemos na próxima existência. Isso influi no processo de crescimento de cada alma perdida e faz, principalmente, com que a geração desta era evolua em uma corrente de Luz mais evoluída. Agora, peço seu consentimento para a incluirmos em nossa Legião, como uma trabalhadora da corrente vermelha, de tudo que é relacionado com o sexo, nos seus extremos de dor e prazer. Você trabalhará em todas as causas pesadas que envolverem o uso do corpo como instrumento de prazer carnal e pueril. Vai causar a dor para ajudar a evolucionar. Se concordar com tudo o que ouviu, lhe darei uma segunda chance ainda nesta vida. Acordará em seu prostíbulo e retornará à vida. Você não se lembrará de nada do que aconteceu, apenas saberá que precisa chamar-se Maria Scarlet, pois a Maria Eugênia que você conheceu estará morta, exatamente aqui, nesta árvore, que é para onde sua alma virá depois de sua nova morte. Esta vida será sua última vida terrena e trabalhará em várias encarnações de seus amigos e familiares desta vida.

Anna Lara não estava sozinha. Nunca esteve. Sempre, em todos os momentos de sua vida, ela teve a presença da sua entidade, a Formosa Maria Scarlet, que desfilava com trajes negros de dançarina Guawasi e com muitos adornos dourados. Era ela que muitas vezes alçava Anna Lara do abismo em que estava. Sempre que se conectava com seu eu interior, Anna Lara encontrava-se com ela, sua dançarina. Era sua protetora, sua mestra, sua santa e sua puta. Estava em sintonia consigo mesma e enxergava uma luz brilhando forte, destacando-se do limbo da sua vida miserável. Era ela quem lhe dava as forças para seguir e renovava sua fé diante de todos os desastres aparentes.

E foi assim que entendi quem era Maria Scarlet e como ela havia se tornado uma "Pomba-Gira". A minha "Pomba-Gira"...

Acordo no dia seguinte, na cama, coberta e com meu pijama de cavalos. Não me lembro em que momento eu fui para cama ou troquei de roupa. Mas estou bem, sem ressacas ou tonturas. Foi como um sonho profundo, um sonho revelador, em que pude me conectar mais profundamente com a minha essência. Descobri, finalmente, quem é ela, embora ainda não saiba o porquê de ela ter me escolhido. Será que eu sou uma "pecadora", será que sou pecadora pelo sexo sujo que faço?

Começo a entender meus desejos sexuais desde menina. A minha primeira masturbação aos oito anos, meu primeiro orgasmo e a minha primeira transa aos treze anos. Começo a me entender melhor.

Capítulo 14

O interfone toca. É o porteiro que me avisa que ali estão mais de dez vasos de flores e me pergunta se pode subir com eles. Quando abro a porta, vejo vários vasos; são de margaridas brancas ordinárias. Todos vêm acompanhados de poesias porcas e sentimentais. Não me rendo a elas nem ao encanto mafioso do meu marido promíscuo. Sou mais uma refém das suas artimanhas e mais uma das putas que pede seu sexo sujo a qualquer preço.

Estou com muita dor de cabeça. Não consigo comer nada... tomo uns dois calmantes e apago.

Acordo tarde e já me sinto um pouco melhor. Faço um café preto e tomo umas quatro ou cinco xícaras. Escuto músicas de piano por todo o dia e não me lembro de ligar para o escritório para avisar que não vou. Tenho certeza de que, se eu não fosse a "Sra. José Tavares", já teria perdido meu emprego há muito tempo... Jota é um dos donos dessa agência; ele tem uma pequena participação, mas preferiu trocar seu rendimento mensal por uma posição para mim, com "honras e pompas". Sim, sou uma espécie de sanguessuga de tudo o que diz respeito a meu marido, do seu dinheiro, da sua influência, do seu nome. Sou um nada, uma mulher que depende do marido para absolutamente tudo, inclusive para pagar a conta da psiquiatra que ele quis comer. Ou que quis dar para ele... ou os dois!

No final do dia, ele volta para casa. Ele me diz que não teve a intenção de me magoar, que me ama e que precisa de mim. Ajoelha-se e chora como um menino perdido. Não tenho forças para sair da vida dele. Amo-o tanto, tanto que, só de pensar que não vou ter o olhar dele, o cheiro e o abraço, já me falta o ar. Sou fraca o suficiente para não conseguir seguir minha vida sem o homem que me domina. Vou perdoar essa traição e esquecer esse dia. Nunca mais quero ouvir falar no nome dessa desgraçada ruiva! Não vou processá-la porque não posso colocar o nome do Jota em evidência. Seria um escândalo.

Deixo passar. Deixo tudo para trás. Levo comigo meu marido e minha nova vida. Uma vida nova, sem dores, sem traições e sem cheiro de morte. Uma vida. Quero mudar essa página; tentar viver sem ele não seria a solução; seria, ao contrário, o meu fim! Sei que é uma fraqueza de alma, de espírito. Tenho vergonha de mim. Vergonha de me encarar até no espelho do banheiro. Ele me oferece uma viagem a Nova York para passarmos uma temporada longe disso tudo. É uma das vantagens de se ter dinheiro. Tudo na vida é possível. Até mesmo esquecer um mau momento...

Viajamos no dia seguinte. Sem malas, só com a minha calça jeans True Religion, minha blusa preta, meu tênis preto e minha Gucci preta. Tudo preto e de luto. Como eu e minha alma maldita.

A viagem é ótima. Sinto-me bem melhor. Vamos a todos os nossos restaurantes preferidos, assistimos a todas as peças da Broadway e visitamos alguns museus. Nada muito programado, só nos preocupamos em viver o agora. Penso em ficar uma temporada maior na Big Apple. Imploro para que ele concorde, mas ele tem de voltar. Não pode se dar ao luxo de passar seis meses de férias...

Acabamos ficando quase dois meses em Nova York, em uma verdadeira lua de mel. Tudo correu melhor que o esperado. Fomos imensamente felizes nesses dois meses a ponto de, muitas vezes, não me lembrar do meu Miguel. Chegamos de viagem numa terça-feira. Lembro-me bem desse dia...

TERÇA-FEIRA, DIA 31 DE OUTUBRO DE 2006

Jota retorna algumas mensagens deixadas no seu e-mail e fica umas duas horas falando ao telefone. Quando volta para a sala, está com uma expressão horrível... Uma das ligações deixa-o bem abalado. Seu olhar demonstra desespero. Achei que poderia ser algo com sua mãe. Não era. Era muito, mas muito pior...

— O que foi, Jota? O que está acontecendo?

— Anna Lara, temos que conversar. Aconteceu uma coisa... ruim.

— O quê??? Fala logo, Jota!

Ele suspira, passa a mão no rosto em um gesto como se massageasse o nariz e contorna demoradamente as sobrancelhas até chegar no topete. Uma dor na espinha grita e me machuca. O silêncio sepulcral mata-me aos poucos...

— Jota... olha, por pior que seja isso que você tem para me contar, é melhor que conte logo, você não acha? Vamos acabar logo com isso!

— Anna Lara, você se lembra da viagem para Angra, na casa do Rogério?

Um frio invade minha alma... Claro que eu lembro. Como não lembrar da vez em que fiz a maior orgia da minha vida, um ano antes de engravidar do meu filho, que agora não está mais aqui? Como não lembrar da viagem que meu marido indecentemente me ofereceu de brinde aos seus amigos de cachaça e drogas? Como não lembrar?

— Como assim, Jota? É claro que eu me lembro bem. Por quê?

— Porque depois dessa viagem eu tive um relacionamento com a Joana...

— O quê?? Você o quê? Meu Deus! Jota! Por quê? Por que foder com ela se tudo o que você sempre quis na cama eu te dei?

— Anna Lara...

— Cala a boca! Quem vai falar agora sou eu, seu pervertido! Seu canalha! Seu... Merda! Você nunca está satisfeito, não é, Jota? Você sempre quer mais... sempre mais. Cada conquista na cama requer outra mais depravada, e outra, e outra... e você não consegue evitar, não é? Você é viciado em putaria, Jota! Esse é o seu vício!

— Anna Lara, eu me apaixonei por ela! Não foi putaria, foi um romance!

— Romance? — Nesse momento, o chão sai de baixo dos meus pés. Não consigo acreditar no que estou ouvindo. Encosto na parede para não cair, minhas pernas ficam bambas e sinto um enjoo terrível.

— Então é isso? Você se apaixonou por ela? Vai ficar com ela?

— Claro que não, Anna Lara. Eu já não sinto mais nada há muito tempo. Não deixei esse relacionamento ir para frente para não me perder de você. Você, sim, é a mulher da minha vida! Eu amo você!

— Então era isso? Você vem me dizer agora, depois de quase um ano, que dessa "orgia memorável" você resolveu namorar a mulher do seu amigo? Por que não colocou ela na "roda" também? Por quê? Ah, não. Você preferiu ter exclusividade com ela, né?

— Para, Anna Lara, não é isso...

— Então, o que é, Jota?? Não estou entendendo! Você sempre gostou de relacionamentos abertos em que ninguém é de ninguém e todo mundo transa com todo mundo. E agora você vem me dizer que teve um relacionamento de namorico com outra mulher? Quem é você, afinal de contas?

— O que rolou entre mim e a Joana foi uma exceção. Eu não gosto de mulher careta e não curto esse lance de romance, mas rolou uma química e acabamos saindo algumas vezes. Eu me sinto péssimo por isso, pode acreditar! Nunca ia te contar isso para não te magoar. No final, não representou absolutamente nada para mim. Foi um acidente de percurso que nada tem a ver com a nossa história...

— E por que você resolveu me contar isso agora, Jota? Por que simplesmente não guardou esse assunto com você? Por que me fazer sofrer agora? Depois do que aconteceu com a Dra. Kauffmann, aquele demônio ruivo, você resolveu ter um surto de franqueza e sinceridade???

— Não, Anna Lara... eu realmente errei em ter me envolvido com a Mariana e com a Joana. Me arrependo muito! Mas você sabe como eu sou. Às vezes, não consigo me controlar. Sou viciado em sexo, Anna Lara. Esse é o meu maior vício e você sabe disso.

— E esse vício está me matando, Jota... — Certo. Então, agora é a hora em que ele me pede desculpas, eu lhe perdoo e vamos para a nossa cama. Vamos voltar para a nossa vida. Não quero ceder tão depressa, mas a verdade é que não me importo tanto assim. Sei que ele é meu e só o que eu quero é diminuir a importância desse sexo sem proporções...

Ele respira fundo e passa as mãos no topete do cabelo preto. Está com aquela expressão de medo que eu conheço bem... Ai, Meu Deus! O que será que ainda há por vir?

— Anna Lara, eu queria poder parar com essa conversa agora, mas não posso...

— O que foi, Jota? O que você está escondendo? Fala logo, seu cretino!!!

— A Joana engravidou, Anna Lara. Engravidou de mim.

— O quê? — Pronto! Agora eu nunca mais vou conseguir me levantar e andar de novo como um alguém normal. Essa ferida vai me doer até o final dos meus dias e vai me levar para bem longe dele. Como ele pôde? Como??? Uma paralisia incontrolável toma conta de mim. Pareço dopada nesse instante e não tenho reação. Meu mundo está desabando e não consigo me mover... — Como você pode ter certeza de que o filho é seu?

— Ela fez o teste de DNA. Recebeu a resposta hoje. O filho é meu, Anna Lara.

— O quê?

— Ela esperou o bebê nascer para fazer um teste de DNA e se certificar de que o Rômulo era o pai. Deu negativo. Ela teve certeza de que a única pessoa que poderia ser o pai era eu. Bom, ela foi um dia conversar comigo no escritório, e me pediu para fazer o teste.

— Quando foi isso, Jota?

— Não lembro, Anna Lara, numa terça, eu acho.

No dia em que eu fui ao Centro, Jota! Por isso você chegou com cheiro de cigarro! Eu sabia que você estava estranho. E você fez o teste na hora?

— Eu não tinha escolha, Anna Lara! Se eu não o fizesse, ela entraria com um processo! E você sabe que não é bom para a imagem...

— Para a "imagem da empresa", eu sei, Jota! Você se preocupa muito com a estúpida imagem da empresa!

— Eu fiz o teste no mesmo dia e pedi que ela me ligasse caso desse positivo. Mas ela não ligou, então pensei que estava tudo bem, que poderia ser de outra pessoa. Não sei com quantos caras ela transou na época. Ela estava esperando que chegássemos da nossa viagem, mas ficou com medo de que não voltássemos. Então, resolveu ligar para falar do resultado. A menina é minha filha, Anna Lara. — Uma queimação desce diretamente para o meu estômago e sinto meu coração acelerar ao máximo, como se eu fosse enfartar.

— Então, é uma menina?

— Sim. É uma menina.

— E você quer ser pai dessa criança? — Uma dor aguda aperta meu peito e me falta ar. Tento puxar o mais forte que consigo, mas a sensação que tenho é a de que meus pulmões encolheram e não conseguem absorver a quantidade de ar que eu preciso. Minha bombinha... Começo a procurar na minha bolsa, mas não consigo achar.

— O que foi, Anna Lara? Está sem ar? Calma... respira comigo...

A sensação piora e eu começo a ficar mais agoniada. As pontas dos meus dedos começam a ficar roxas. Meus pés estão dormentes e a dor no meu peito aumenta. Começo a achar que estou enfartando...

— Jota, me leva para o hospital! Me leva... — Um descontrole total assume meu corpo. Já não tenho mais o domínio das minhas atitudes. Meu organismo está completamente colapsado. Acho que é a forma que meu corpo encontrou para me ajudar a enfrentar essa situação. Fugindo e me fazendo de vítima. Doente. Muito doente a ponto de o meu marido não querer mais saber dessa criança e ficar só comigo. Só comigo.

— Calma, Anna Lara! Tenta ficar calma. Vai dar tudo certo, você vai ver. Só preciso que você tente digerir esse assunto. Vamos pensar de forma objetiva. A nossa vida vai continuar como está. E essa criança não vai atrapalhar em nada. Se você quiser, eu nem preciso conviver com ela...

Nesse momento, percebo a falsidade das palavras do Jota. Conheço meu marido e sei que ele está louco para conhecer essa criatura. Está louco para segurar esse bebê nos seus braços e olhar em seus olhos. Ele vai amar essa menina. E vai querer inseri-la na nossa vida. A minha raiva começa a melhorar a minha circulação, aquecendo meu sangue e me fazendo voltar ao meu estado "normal". Acendo um cigarro e começo a fumá-lo com toda a força, como se quisesse trazer o máximo de nicotina aos meus já bombardeados pulmões...

— Você vai querer colocar essa menina no lugar do nosso Miguel... eu sei.

— Jamais vou fazer isso, Anna Lara! O Miguel sempre vai ter o lugar dele nos nossos corações. Essa é outra história!

— É, Jota. Essa é outra história. E essa história é só sua. Sua e da Joana.

— Anna Lara, não seja assim. É uma criança... vamos passar por isso juntos. Por favor...

— Juntos? Você acha que eu vou aceitar essa menina na minha casa? Você acha que eu vou conviver com esse "ser", que você fez pelas minhas costas, e ser como uma segunda mãe para ela?

— Anna Lara, eu não espero que você seja mãe dessa menina nem que você faça nada por ela, mas você tem que entender que ela é minha filha. Eu não posso virar as costas para ela. Ela existe e eu preciso assumi-la, como um homem tem que fazer. Mas você é minha mulher, minha esposa. Isso não vai mudar. Eu posso não conviver com ela, mas também não posso "matá-la"!

— Então... parabéns. Você conseguiu ser pai, enfim. Alguém tinha que ser feliz no final dessa história, não é? — Não consigo mais conter a avalanche de lágrimas que escorrem pelo meu rosto e começo a soluçar. — Alguém tinha que pagar pelas atrocidades que fizemos durante todo esse tempo... E esse alguém foi o nosso filho! E eu...

— Anna Lara. Não faz isso! Foi um acidente de percurso. Você sabe que eu jamais quis ter filho com ninguém que não fosse com você. Muito menos agora que estamos passando por isso. Por favor, essa dor não é só sua. É minha também! Eu queria o Miguel! Queria muito! Mas ele se foi... ele tinha problemas. Você sabe...

— Não fala isso! Para!

Não quero te machucar... quero que você entenda que foi uma fatalidade.

— Não, Jota! Não foi uma "*fatalidade*"; foi uma "*irresponsabilidade*". Nós bebemos, fumamos, tomamos ácido, às vezes, e cheiramos também. Nós fizemos tudo o que não devíamos fazer. E cheiramos algumas vezes depois que descobrimos o resultado do exame. Nós somos culpados e não vítimas de uma casualidade do destino. E sabe por quê? Porque destino simplesmente não existe, Jota! Nós fazemos o nosso destino. Nós o fazemos. Você foi tão irresponsável quanto eu nessa gravidez e agora você quer ser o senhor certinho? Quer assumir suas responsabilidades? Vai fazer o quê? Vai parar de se drogar e fazer orgias para virar um pai-exemplo? Vai levar essa pirralha para o parquinho? Pois tomara que morra no balanço!

— Não fale assim, Anna Lara! Cuidado com a sua raiva!

— Eu falo como eu quiser, Jota! Você faz o que você quiser e eu o mesmo! De agora em diante, cada um faz o que quiser! Eu estou indo embora! Eu vou embora da sua vida e não vou voltar. E não quero mais que você me procure. Nunca mais.

— Pare com isso, Anna Lara... você sabe que o nosso amor, a nossa história é muito maior do que esse problema que estamos enfrentando. Não vamos acabar com tudo o que construímos por causa de um problema. Anna Lara, você é minha vida. Não sei viver sem você!

— Pois eu acho que você, de agora em diante, vai ter que aprender muitas coisas... vai ter que aprender a viver sem mim e a ser o "pai-perfeito" a que você se propõe.

Aguentaria o que fosse para ter o Jota ao meu lado. Amo-o tanto, tanto, que poderia vê-lo foder com cem mulheres diferentes, fazer com ele todas as obscenidades que gosta com toda e qualquer mulher que quisesse, ultrapassar todo e qualquer limite inaceitável em busca da perda do meu pudor. Eu o dividiria com o mundo, se tivesse, ao menos, uma certeza: de que no final ele seria meu, completamente meu. Aceitei dividi-lo esse tempo todo com todas essas mulheres justamente pelo meu egoísmo e pelo meu medo.

O medo de perdê-lo me fez abrir a porta para uma infinidade de depravações, e o meu egoísmo me trouxe para o fundo do poço da moralidade, de onde minha alma vil não consegue reunir forças para sair. Sou um ser incompleto, que vive a vida com devoção extrema ao seu Deus. Sim, Deus. Para mim, Jota não é um homem nem mesmo meu marido. Para mim Jota é o meu Deus. O Deus que está acima de todas as coisas e pessoas. O Deus que me guia para a vida plena, que me entrega todo o prazer que eu consigo enxergar nessa vida. O Deus com quem eu quero ter nosso filho, nosso filho perfeito, fruto do nosso amor perfeito. A minha religião é ele; é para quem eu rezo e de quem eu sou devota. Não existe em nenhuma parte do mundo alguém que o ame mais do que eu. Alguém que aceite mais do que eu as coisas que aceitei deste homem. Não existe amor maior. Entreguei muito mais do que meu corpo para esse relacionamento. Entreguei minha alma e minha vida. E hoje minha vida acabou. Acabou com a notícia da chegada desse ser desgraçado, com esse ser que eu desejo que morra antes de nascer, que pare de respirar para que eu possa continuar... esse ser que desprezo e que odeio. Como odeio essa criança! Odeio-a com todas as minhas forças! Pecado ou não, eu só sei que a odeio. Estou apavorada com a hipótese real de não ter mais o meu Jota. De ter de dividi-lo para sempre com um outro ser, entre fraldas e mamadeiras. Um ser diabólico que entrou na minha vida para me destruir!

E foi assim que eu fui embora da vida do meu amor. Correndo, fugindo... suportaria qualquer coisa em nome desse amor. Aceitaria qualquer traição, qualquer promiscuidade, qualquer grau de depravação. Aceitaria tudo em nome desse amor. Mas a única coisa que eu não conseguiria aceitar é ver crescer um ser perfeito diante dos meus olhos, sabendo que esse ser é fruto do meu amor em outro ventre que não é o meu. Não suportaria ouvir o riso dessa criança ao lado da minha dor contida. Não suportaria ver a felicidade do Jota ao abraçar essa filha e ver que a vida, que se esvaiu do meu corpo, agora habita um outro ser que nada tem a ver comigo.

Capítulo 15

DOMINGO, DIA 31 DE OUTUBRO DE 2010

Parece que foi ontem. Já se passaram quatro anos e eu ainda não consigo esquecê-lo... quando penso que desisti do amor da minha vida por um capricho, um ciúme, uma vaidade, tenho vontade de morrer de tanto arrependimento. Mas é na hora de dormir, na hora em que me deito de bruços na cama, e que começo a me masturbar pensando na vida promíscua e em todos os sexos pervertidos que eu tive, que realmente tenho vontade de morrer. E morro um pouco a cada dia. Não consigo me livrar dele nem por um dia. Sou totalmente dependente dessa droga, desse vício maldito que entrou no meu corpo e me dominou por completo...

E a cada dia 31 de outubro, saio em busca de um novo parceiro sexual, buscando em todos o meu Jota que sempre vai estar por aí, escondido em algum gesto promíscuo, em alguma foda sacana, em um olhar *voyeur* ou em alguma poesia erótica. Busco ser olhada de novo por alguém como "ele" sempre me olhou: com tesão de verdade. Com aquele tesão que era só nosso, mesmo com tanta gente participando ativamente das nossas maratonas sexuais...

Mas hoje, mesmo com toda saudade que sinto do Jota, sinto-me amada e correspondida. Tenho um novo amor na minha vida, um alguém que me entrega muito mais do que eu jamais imaginei receber. É uma outra história, uma história muito mais "limpa", muito mais colorida... Era para ser o amor da minha vida, na forma exata de amor, e não de vício, como eu tinha com o Jota...

Ela se chama Heidi Vlaar, é uma importante médica-neurocirurgiã e conceituada pesquisadora de atividades cerebrais relacionadas à memória. É também a responsável por hoje eu estar há três anos à frente do Museu Stedelijk, um dos mais completos museus de Arte Moderna de Amsterdã.

Minha vida com ela é estável e boa. Saímos muito para jantar com casais amigos e frequentamos a vida noturna de Amsterdã. Heidi é monogâmica, religiosa e superfeminina. Ela me traz um amor quase maternal e cuida muito de mim, mas, constantemente, temos crises porque ela morre de ciúmes do meu passado com o Jota. Acho que ela sente que eu ainda não o esqueci... que na verdade nunca vou esquecê-lo...

Minha família a adora. Minha mãe a trata como uma segunda filha, como se, de alguma forma, ela tivesse preenchido uma lacuna que a Caroline deixou... meu pai não gostou muito da ideia a princípio, mas depois se acostumou. Ele é feliz por eu ter a meu lado alguém que me faça viver a vida com parâmetros sociais bem definidos. Ele gosta do fato de a Heidi ser "careta". Ela vem de uma família muito, muito rica. É filha única e herdeira de uma verdadeira fortuna. Seus pais morreram em um acidente de carro quando era adolescente e, desde então, a única presença familiar em sua vida, além de mim, é seu avô Vladmir Vlaar, um dos maiores benfeitores do Museu Stedelijk, e um dos homens mais influentes e poderosos de Amsterdã.

Moramos na Van Eghenlaan 25, em uma casa em frente ao Vondelpark, a apenas algumas quadras do Museu. Quando conheci Heidi, ela morava com seu avô, em uma casa enorme, em um local mais afastado do centro. Comprou essa casa para nós, por estar em um local perto do verde e perto de onde eu iria trabalhar. Ela nunca mediu esforços para me agradar e sempre procurou fazer de tudo para me ver feliz. Mas, no entanto, sempre fez parte de sua conduta ser extremamente contida em suas referências e declarações. Sua forma de amar sempre foi mais por meio de gestos específicos e presentes indecentemente caros. Ela não gosta do uso da linguagem textual e jamais se comunicou com palavras antes, durante ou mesmo depois do sexo. Sua forma de amar é corporal, instintiva. Toca-me com suavidade e me leva ao seu universo particular com toda doçura que lhe é peculiar. Ensinou-me a amar sem pressa e sem expectativas. Trouxe-me paz. E amor...

Heidi tem a pele branca e os cabelos pretos. Suas sobrancelhas grossas e seu rosto triangular parecem com os da atriz Kate Winslet, motivo pelo qual muitas vezes a chamo simplesmente de "minha Kate". Seus seios pequenos contrastam com os mamilos grandes cor de rosa e os bicos protuberantes que mais parecem clitóris prontos a explodir na minha boca. Sua depilação, quase inexistente e nada contemporânea, de modo algum lembra a das brasileiras com quem eu costumava transar nas minhas orgias intermináveis com o Jota, mas, mesmo assim, eu gosto. Gosto dos pelos excessivos saindo para fora da calcinha, do ar retrô dos anos 70 invadindo nosso cotidiano, das pequenas dobras na barriga e lateral do corpo da Heidi. Gosto do cheiro dela e dos pés sempre limpos e sem calos. Gosto das axilas lisas, com a mesma textura da pele das costas e ombros, formando um único e homogêneo conjunto. Gosto dela. Amo essa mulher, de todas as formas e com todos os seus contornos.

Jamais, em minha vida pregressa, me imaginei amando uma mulher. E, mais ainda, jamais imaginei uma mulher no centro das minhas emoções e sentimentos... Sempre me vi como fêmea de um homem bem másculo. Sempre me vi mais feminina e mais leve do que o meu parceiro de cama. Hoje me vejo como uma "igual", em forças e tarefas. A diferença é que Heidi carrega uma leveza na alma, uma ingenuidade nata, que a transforma em um alguém quase "inocente", como um ser tão puro em forma e cor, que não possuísse pecados aparentes nem escondidos... Eu a vejo como a forma mais reta de toda a minha torta existência. E por ela eu tenho vontade de ser a Anna Lara mais virgem e puritana que jamais existiu.

Mas não posso negar que o fantasma do Jota me persegue... Hoje eu entendo que um dos motivos que me fez "enxergar" a Heidi na minha vida foi uma fuga. Uma fuga de tudo o que me lembrava do Jota. Não poderia ter me casado com um homem, com um alguém que seria sempre comparado e, obviamente, excluído. Precisava ter alguém ao meu lado que fosse completamente diferente do que eu tinha. Um alguém que me trouxesse carinho em diferentes formas e, finalmente, precisava de alguém que me desse um sexo tranquilo, com carinho e afeto. Precisava dela, da Heidi. Da "minha Kate"...

Lembro-me de que ela me salvou desde o primeiro momento em que nos conhecemos. Na verdade, ela não sabe, mas me "salvou" de mim mesma... Depois que me separei do Jota, naquela fatídica terça-feira de 31 de outubro de 2006, resolvi, na mesma semana, viajar pela Europa por um tempo indefinido. Poderia passar de três meses a um ano até que eu conseguisse me encontrar. Comecei a minha viagem por Amsterdã pela facilidade em comprar maconha, da qual não consigo viver longe... Nessa primeira — e única — parada, fiquei encantada com a cidade e resolvi esticar minha estadia por lá... Todos os dias acordava umas dez da manhã, tomava meu prolongado café da manhã, lendo o jornal do Brasil pelo meu iPad — que era do Jota, mas que tomei pra mim —, e depois seguia com minha bicicleta retrô até o Cais. Lá encontrava um grupo de maconheiros habituais, recém-saídos da adolescência, com os quais passava a maior parte do meu tempo. Falávamos bobagens e coisas sem sentido. Ríamos muito, na verdade, acho que só ríamos. Mas era bom. Eu não era julgada por mim mesma, sobre quem eu era ou sobre as escolhas que fazia. Não estava conectada realmente com eles, mas me conectava com o que havia de melhor em mim: meu vazio. Nele, eu era absoluta e livre de todos os meus vícios. Nele, no meu vazio mais profundo, eu estava protegida de pensar e também de desejar.

O tempo passava assim. Sem pressa. E eu ia, a cada dia, cicatrizando um pouquinho a dor de ter perdido o meu amor para um "bebê odiado". Eu queria fugir... Fugir de tudo que me lembrava dele e da vida que tínhamos. Certo dia, eu estava voltando do Cais, depois de ter fumado uns dois cigarros inteiros de maconha com meus parceiros de "ménage esporádica" — dois Sul-Africanos lindos, um loiro com olhos azuis fluorescentes e outro negro-azulado —, quando sofri um acidente. Um carro jogou-me para o outro lado da rua, e eu só conseguia rir quando vi meu tênis em cima do capô do carro. Fui levada para a emergência do Sint Lucas Andreas Ziekenhuis, um dos hospitais mais conceituados de Amsterdã. Meus amigos foram muito queridos e não me largaram nem um segundo. Gesso posto, documentos entregues e hora de voltar para o hotel.

Não, ainda não.

Um policial entrou na sala de emergências perguntando por mim. Levantei timidamente minha mão direita esperando que não fosse nada grave. Foi quando uma voz se aproximou dos meus ouvidos e me disse para não declarar absolutamente nada ao policial. Virei-me para encontrar a dona da voz e, para minha surpresa, ela era uma médica. Linda, com um ar angelical e, ao mesmo tempo, sacana. Ela apertou minhas mãos, sorriu e me disse que ficaria tudo bem, para que eu ficasse calma. Senti-me extremamente acolhida e cuidada, como há muito tempo não me sentia. Foi estranho, mas confiei nessa mulher. Ela conversou com os policiais e disse que estava responsável por mim, que eu ainda estava muito abalada por causa do acidente e que não poderia sair do hospital naquele momento, já que deveria fazer uma ressonância para avaliar algum possível dano cerebral. Os policiais se conformaram com a explicação da doutora e deixaram o endereço da delegacia para que eu me apresentasse assim que fosse possível. Ela rapidamente buscou minha ficha atrás do balcão e ordenou que as enfermeiras preparassem a sala para a ressonância magnética. Guiou minha cadeira de rodas e gentilmente dispensou o enfermeiro que iria conduzi-la. Também sinalizou aos meus amigos que eu deveria demorar um pouco e que eles poderiam dar uma volta para comer algo e retornar em seguida para a antessala da ressonância, caso quisessem. Com o efeito devastador da grande quantidade de maconha consumida e somada às horas em que aguardaram, acredito que estavam realmente famintos e, claro, concordaram imediatamente com a proposta.

Quando entramos na sala de ressonância, ela se apresentou como Dra. Heidi Vlaar e me disse que era uma das responsáveis pelo setor de neurologia do Hospital — tempos depois, eu vim a saber que ela, na verdade, era uma das "donas" do hospital... — Ela também me disse que interviera na situação com os policiais porque, se eu declarasse que havia consumido maconha, seria presa em flagrante e, provavelmente, deportada para o Brasil por dirigir uma bicicleta nesse estado. Disse-me que em Amsterdã é possível comprar maconha, mas não se pode consumi-la em locais públicos, muito menos sair doidona pelas ruas. Fiquei apavorada com as informações e, ao mesmo tempo, aliviada... agradeci com um sorriso sincero e olhei profundamente em seus olhos de cor verde-esmeralda, esperando alguma sinalização de como poderia retribuí-la. Nos segundos silenciosos que se seguiram, fiquei completamente paralisada admirando sua beleza. Não havia me dado conta de que ela era realmente linda, com o rosto que lembrava a de uma conhecida atriz. Perguntei-lhe se algum dia a haviam comparado com a... e ela imediatamente me cortou dizendo que sim, que todos a comparavam com a Kate Winslet. Após a ressonância, ela me disse que deveria ir porque tinha uma cirurgia em seguida e tinha de se preparar. Agradeci de novo e, antes que ela saísse pela porta, perguntei:

— Mas Heidi, quero dizer, Dra. Heidi, como você sabia que eu tinha fumado maconha?

E ela sorriu e me respondeu:

— Porque eu também fumo. — E saiu pela porta, firme, decidida, enigmática. "Amiga".

Uma curiosidade extrema assolou-me nos dias que se seguiram e não consegui evitar de ir ao seu encontro. Voltei ao hospital para lhe levar uma caixa de chocolates Godiva, juntamente com um cartão com poucas palavras cordiais de agradecimento e, dentro do envelope, um pequeno cigarrinho de maconha nele. Ela me deu seu melhor sorriso, na versão "Kate livre" e disse que só poderia aceitar os presentes com uma condição: a de que eu os degustasse com ela. Senti-me constrangida e, ao mesmo tempo, "molhada". Nunca havia me interessado por nenhuma mulher, mas algo me enfeitiçou nela.

Combinamos de nos encontrar em um Pub próximo ao Redlight Distrit às 18 horas. Logo pensei: "hora aberta"... Puta merda! Hora aberta significa o momento em que todos os portais do inferno estão abertos para o povo, que habita esta morada, sair em direção à caça. Seu alimento é a alma das pessoas espiritualmente fracas que, desvalida de qualquer caráter, é facilmente corrompida e levada ao extremo do caos. Esse extremo é perigoso em qualquer área do arbítrio negativo, que é o ato de fazer qualquer ação de conduta imoral. E a conduta imoral seria tudo o que atenta a prejudicar liberdade de vida do outro, em vários segmentos, de várias formas...

Pois bem, hora marcada, Pub encontrado, cerveja pedida. Hora de esperar por ela. E eu sempre odiei esperar... Mas esperei. Uma, duas, quase três horas. Já ia embora quando ela chegou. Eu estava muito irritada, mas ela me olhou com aquele olhar charmoso e me pediu desculpas sinceras. Disse-me que teve de entrar em uma operação de emergência. Perguntei se havia corrido tudo bem e ela disse que não.

Infelizmente, a paciente dela morrera na mesa de cirurgia. É claro que ela estava triste, mas parecia conformada. A morte não deve mesmo ser algo tão dramático na vida de um médico.

Mesmo assim, percebi que, em algum lugar dentro daquela frieza, estava uma tristeza profunda por não ter salvado aquela pessoa. Tentando consolá-la disse que a alma da mulher descansaria agora em paz. Foi quando ela me olhou firme e disse que não. Que jamais a alma daquela pobre mulher iria "descansar". Ela me disse que a mulher era uma suicida e que para esse tipo de crime, que atenta contra a própria vida, não existiria salvação. Dentre outras explicações religiosas, entendi que Heidi não era unicamente uma médica bonita e "doidinha", que gostava de beijar mulheres e fumar maconha esporadicamente... Ela era uma pessoa religiosa e careta, mas tinha evidentemente sérios problemas psicológicos de aceitação própria. Seus pensamentos, apesar de muito ortodoxos com relação a alguns temas de conduta e hierarquia social, não conversavam com a identidade católica ortodoxa de parte da sua família alemã, por parte de mãe. Sua aceitação homossexual e sua crença no absolutismo da ciência, já que havia passado toda a sua vida sendo devota dos estudos sobre a natureza humana, eram descolados de qualquer parâmetro religioso, ainda mais de natureza extremista. Isso fez com que Heidi se isolasse de parte de toda a sua família materna e fosse conviver unicamente com seu avô paterno, que, antes ateísta, passara a praticar o espiritismo por meio de grupos que faziam as traduções de Allan Kardec, tornando-se membro do Conselho Espírita Holandês em 2002.

É claro que depois de vários chopes e boas risadas fomos até um hotel. Estranhamente Heidi não tentou fazer sexo comigo. Ela me beijou, me abraçou, me deu carinho. Não sei se estava ainda muito abalada com a cirurgia malsucedida ou se, simplesmente, não quis precipitar as coisas, mas eu gostei da sua atitude. Ela entendeu que eu não era homossexual — pelo menos não até aquele momento — e decidiu esperar que eu a procurasse sexualmente. Ela me deu espaço e buscou entender minhas vontades, em vez de impô-las. Me fez decidir o que eu queria ou "se" eu queria. Ela me deixou conduzir essa questão até o ponto em que eu estivesse pronta para ela. E essa sensação me deixou extasiada de felicidade. Pela primeira vez em muito tempo, eu estava no comando da minha sexualidade, direcionando o meu tesão para o momento e forma que fossem mais adequados. Eu estava sendo "respeitada sexualmente" e isso era uma novidade para mim.

No dia seguinte ela viajou, o que me deixou no vácuo de uma semana inteira de espera e aflição. Não pensei — muito — no Jota nessa semana. Fiquei realmente encantada. Até que recebi uma passagem de avião com um bilhete:

> *"Anna Lara, estou em Dubai, em uma convenção de neurologia, e queria muito vê-la de novo. Se você puder e quiser vir comigo, ficarei muito, mas muito feliz. Estou com saudades... beijos H."*

Eu fui. E, desde então, nunca mais nos desgrudamos...

Capítulo 16

Mas nem tudo na nossa trajetória foram flores... no começo da nossa relação, passamos por muitos altos e baixos até eu poder me encontrar.

Dois meses depois de ter terminado com o Jota, recebi um e-mail da Maria Amélia dizendo-me que, no dia anterior, havia sido a festa de aniversário de um ano da Rebeca, a filha do Jota com a Joana. Ela me disse que todos estavam comentando o que acontecera, e que nosso caso era o assunto de todas as festas e reuniões na academia e na praia.

Fiquei com tanto ódio, com tanta raiva dele, que não consegui terminar de ler o e-mail e, imediatamente, liguei para ele, para pedir que agilizasse os papéis do divórcio. Lembro-me, como se fosse hoje, de que ele ficou indiferente à minha ligação:

— Certo, Anna Lara. Você já tomou a sua decisão e eu a minha. Fique tranquila que eu vou providenciar o acordo e te envio. Você será uma mulher livre, livre de mim. Espero que você seja feliz. Agora, se você me der licença, eu tenho que trabalhar. Tchau. — Fiquei imóvel por um tempo sem acreditar no que acabara de ouvir. Como o Jota pôde ser tão frio? Nem parecia ele. Com certeza devia estar com muito ódio de mim para falar assim. Mal sabia ele que eu ainda o amava. Que ainda o amo! Mas algo pior estava por vir. Resolvi voltar ao e-mail e terminar de ler o que a Méli me havia escrito. Ao final do e-mail, ela me disse para me preparar com o que eu veria no anexo. Abri e não consegui acreditar no que estava vendo: o Jota na mesa dos parabéns. Estavam todos lá: A Joana com a menina nos braços, ao lado dela o Rômulo, o "corno assumido", um casal de velhos japoneses que deviam ser os pais dela — pela cara redonda—, e

do outro lado da Joana estava o Jota, com um sorriso enorme no rosto, ao lado da... Mariana! Meu Deus! Eles estavam juntos! Não acreditei que ele a levou para o aniversário da filha! Não acredito até hoje que ele fez isso. Um desespero tomou conta de mim. Perdi o meu Jota para sempre. Por isso ele estava tão seco no telefone. Porque ele já não ligava mais para mim. Ele já não me amava mais...

Lembro-me de que na época fiquei desesperada. Não sabia o que fazer e, de fato, não fiz nada. Estava paralisada, vítima do que a vida havia me entregado. Tinha conhecido a Heidi, que estava me fazendo muito bem. Eu pensava que havia finalmente acertado na minha escolha e, de fato, havia. Não pensava em vingança. Pensei algumas vezes em processar a Dra. Kauffmann por assédio, por ter conseguido informações preciosas sobre a minha vida, que mais tarde a levaram até os braços do meu marido. Pensei em muitas coisas, mas não tive coragem de fazer nada.

No dia seguinte, recebi um e-mail do Jota encaminhando uma proposta de acordo para a nossa separação amigável. Pela proposta eu ficaria com o carro, a casa de Búzios, a casa de Itaipava e com a metade dos bens da aplicação. Claro que não aceitei esse acordo. Meu objetivo não era o meu maior ganho financeiro, mas a impossibilidade de o Jota criar sua filha no apartamento em que idealizamos uma vida juntos. Não! Jamais aceitaria uma criança saudável e linda correndo em cima do piso que os pés do meu filho jamais tocarão. Esse chão, essa criança não conhecerá!

Encaminhei minha contraproposta nos seguintes termos:

— *Quero o apartamento e a metade das aplicações. Quanto aos outros bens, pode ficar com tudo!* — No apartamento estava escrita toda a nossa história. Precisava preservar aquele lugar como um santuário, uma espécie de "mausoléu" do nosso amor. Precisava me certificar de que ninguém compartilharia aquele espaço com ele. Na minha mente estava claro que ele poderia dividir o corpo, as emoções e até o amor dele com outra, mas nunca dividir o espaço que era só nosso. Não podia permitir que nosso passado fosse invadido pelo futuro dele com outras. Toda a promiscuidade de amor que tivemos deveria permanecer ali, intacta. Preservada como a vagina de uma virgem que morre precocemente. Assim como morreram todos os nossos sonhos. Assim como morreu nosso Miguel...

Como o patrimônio do Jota era inacreditavelmente enorme, eu não tive problemas para que ele aceitasse a minha oferta, até porque essas aplicações no Brasil eram uma parte ínfima da fortuna do pai, que ele herdaria sozinho, inclusive.

Acordo fechado, nem precisei ir ao Brasil. Assinei e registrei o contrato no Consulado e enviei para o Jota. Nunca tive dúvidas de que ele agiria de boa-fé comigo. Ele era uma pessoa íntegra e honesta. Pervertido, mas leal aos seus ideais. Ele também queria terminar tudo de uma forma menos dolorosa, até porque já estávamos demasiadamente machucados...

Eu, em especial, estava muito machucada. E Heidi estava morta de ciúmes, não entendia que o final de um relacionamento é difícil, ainda mais quando é com o amor da nossa vida...

11 DE MARÇO DE 2007

O meu celular tocou. Era a Heidi; ela estava preocupada comigo. Não consegui disfarçar minha irritação com tanto controle. Sempre tive uma relação livre com o Jota, não havia cobrança nem controle. Eu era sua mulher, e não seu objeto de controle!

— Oi, Heidi. O que foi?

— Estou preocupada com você, Anna Lara. Ainda está aí? Por que não vem para casa?

— Estou ocupada Heidi! Você não pode esperar um pouco?

— Anna Lara, você se lembra de que meu avô vem jantar hoje conosco? Que eu vou te apresentar oficialmente para ele? — Putz! Eu havia esquecido completamente...

Não estava interessada em conhecer a família de Heidi. Eu gostava dela... realmente gostava, mas não estava na mesma sintonia que ela. Foi quando tivemos nosso primeiro término. Eu precisava desse tempo só para mim, não estava preparada para todas as obrigações que uma vida de casal impõe. Precisava me encontrar, e a Heidi não estava me dando espaço suficiente para isso.

Lembro-me de que foi horrível. Que ela chorou demais e não me deixou explicar o motivo pelo qual eu estava me afastando dela. E, no meio da nossa discussão, o avô de Heidi chegou, pois ela não conseguira cancelar o evento a tempo. Ele parou por alguns instantes e não me disse uma única palavra. Tive certeza de que ele não havia gostado de mim. Saí correndo de onde eu acreditava que nunca deveria ter entrado. Segui para um hotel e continuei a gastar todas as minhas economias dos meus seis anos de casada com o Jota. Ainda tinha muito crédito no meu cartão internacional, mas eu sabia que todo esse crédito rapidamente iria terminar, pois o Jota não aceitaria patrocinar minha vida separada dele por muito tempo...

Minha mãe vinha passar duas semanas comigo. Não sabia se a aguentaria por tanto tempo. E ainda teria de esconder o caso com a Heidi! Minha mãe não suportaria saber que a filha, além de drogada, assassina e promíscua, ainda era gay...

---

12 DE MARÇO DE 2007

Minha mãe chegou no voo das 20 horas. Fui buscá-la no aeroporto e seguimos para meu hotel. Ela estava vestindo a echarpe de seda azul-clara da Caroline e um conjunto de blusa e calça social bege. Minha mãe melhorou seu guarda-roupa com a ajuda da Elisabeth. Elas acabaram virando amigas virtuais e trocam dicas providenciais. Elisabeth a atualiza com relação ao mundo da moda, minha mãe a ajuda com conselhos caretas para seu novo programa popular sobre "casamentos felizes" na TV Trevon. Incrível como a vida dá voltas. Não consigo imaginá-las amigas... Destoando do novo visual chique da minha mãe, eu ainda continuo com meu guarda-roupas composto por roupas pretas, cinzas e jeans. Sempre amei a cor preta. Talvez porque combine com a minha alma escura...

Fiquei muito feliz por ter a minha mãe ao meu lado. Nunca estive tão próxima dela como nesse momento. Desde que ela se casou com o cafajeste do meu padrasto, a vida dela se tornou um utópico conto de fadas, cercado por todo tipo de fantasia e alegorias. Nem a morte da Caroline a fez enxergar o abismo em que estava submersa, de onde provavelmente nunca sairá. Minha mãe se separou do meu pai porque ele batia nela. Na época, eu e Caroline éramos muito pequenas e não entendíamos muito bem o que acontecia. Marco Aurélio pareceu ser a solução perfeita, mas não foi...

Depois de um tempo juntas, acabei contando para minha mãe sobre a minha relação com a Heidi. Tive muito medo da sua reação, mas preferi falar com ela, pois sentia muita saudade da Heidi e não queria mais viver uma vida de mentiras e coisas obscuras que não podem ser mencionadas. Para minha surpresa, minha mãe não se opôs e até esboçou uma certa receptividade em conhecer a Heidi. Pena que essa vontade acabou no mesmo instante em que comecei a teclar uma mensagem para a minha Kate para nos encontrarmos...

Mesmo não querendo conhecê-la naquele momento, minha mãe me aconselhou a ficar com Heidi. Ela sabia que nos braços da Heidi eu havia encontrado um pouco de paz depois de tudo o que eu havia passado. E para uma mãe é sempre melhor saber que sua filha está feliz, mesmo ao lado de uma homossexual do que ao lado de um homem em uma relação desequilibrada e conturbada. Minha mãe não sabia dos detalhes sórdidos da nossa relação, mas sabia que não era um casamento como qualquer outro, com uma rotina "normal".

Voltei com Heidi logo depois que minha mãe voltou para o Brasil. Não aguentei a solidão da minha vida por mais de uma semana. Acho que no fundo sempre fui uma pessoa carente emocionalmente e sempre busquei alguém em quem me apoiar na caminhada da vida. Esse alguém era definitivamente "minha Kate", minha amiga, minha salvadora...

Segui, então, minha vida tranquila com Heidi por longos e demorados anos, como se vivesse em uma realidade paralela que tivesse feito o tempo parar. Não me preocupava com o passado com o Jota nem com o futuro ao lado da Heidi. Estava machucada demais para pensar no que seria minha vida. Apenas a vivia cada dia de uma vez.

Capítulo 17

AINDA NO DOMINGO, DIA 31 DE OUTUBRO DE 2010. ÀS 23:42 H

Heidi já está dormindo porque amanhã acorda cedo para uma cirurgia. Estou na sala tomando uma taça de Cabernet Sauvignon e escutando minhas partituras preferidas de piano. Já sei tocar piano. Heidi contratou um amigo dela, Groig, um dinamarquês gay e um dos melhores pianistas da Holanda para me ensinar.

Resolvo entrar na internet para dar uma olhada nas últimas notícias do Brasil. Há tanto tempo não sei o que se passa por lá... quando abro a primeira página do jornal, detenho-me instantaneamente na coluna de entretenimento, na qual aparece em letras gigantes a notícia do nascimento do neto de Elisabeth Spielberg, filho do seu único herdeiro Jota Jr, o CEO da Trevon TV. Não me contenho de emoção e lágrimas começam a saltar dos meus olhos.

Entro na página e vejo o sorriso lindo do meu Jota, ao lado dessa vaca ruiva, destruidora de lares. Tamanha felicidade me dá náuseas. Ela teve o filho perfeito que o Jota sempre quis. É um menino, saudável, lindo, forte e ruivo. Claro, deve ter sido circuncidado, segundo as tradições judaicas, e receberá todos os créditos da comunidade por ser filho de um legítimo útero judeu. Vai ser o herdeiro de uma fortuna e herdará também toda a vasta cultura do pai e da mãe. Começo a tremer de ódio. Minhas mãos estão trêmulas e escuto um estalar de vidros. Quando vejo, minhas mãos estão sangrando, fruto dos estilhaços da taça de cristal que quebrei sem perceber. É muito ódio dentro do meu peito. Não tenho falta de ar, tenho, ao contrário, excesso de ar nos meus inflados pulmões. Preciso gritar, preciso socar alguém...

— Anna, o que foi, meu amor? Suas mãos! Deixa eu ver.

— Não foi nada, Heidi! Está tudo bem.

— Você está tremendo... claro que não está tudo bem. — Nesse momento, ela se distrai na tela aberta do computador e percebe o que está na tela, mesmo sem entender direito o idioma português, já entendeu tudo o que precisava entender.

— Minha vida, vamos curar essa cicatriz. — E me encara firmemente precisando que eu entenda o duplo sentido sugerido. Não respondo nada, só a beijo enquanto uma lágrima escorre pela minha face direita. Tento disfarçar minha dor, mas percebo que é impossível nesse momento. Estou entregue, devastada pelo sofrimento da perda do meu grande amor e peço, de forma desavergonhada, um pouco de alento para minha companheira de vida.

Depois de feito o curativo, fomos dormir. Tomo um Rivotril para conseguir apagar depois da foto que vi. Acordo no dia seguinte muito mal, com vontade de morrer. Heidi já saiu e estou sozinha. Acendo um cigarro que estava escondido da Heidi entre minhas coisas proibidas. Coloco minha dose de Blue Label e degusto em plena segunda-feira o prazer do desvio compulsório. Não vou ao Museu hoje e não sei que dia voltarei. Estou completamente revoltada com a vida. Como pude perder o meu amor para uma vadia como essa Mariana? Não é justo o que fez comigo, e a única coisa em que consigo pensar é em vingança. Resolvo pegar meu gravador e escutar de novo a gravação da consulta que fiz com a Mãe Dalva, há anos atrás:

CARTA DA TRAIÇÃO:

— Vejo uma mulher saída do fogo que vai traí-la. Vejo-a enfiando uma estaca em seu coração. Essa mulher vai vir de mansinho e vai conquistar tudo o que é seu, Anna Lara. Cuidado com ela! — Essa mulher é a Mariana, que saiu do fogo com seus cabelos vermelhos e me espetou um punhal no peito. E eu não tomei cuidado com ela! Acho que eu nem acreditei muito nas palavras da Mãe Dalva... Quando eu perguntei o nome dela, a

Mãe Dalva disse não conseguir ver porque era um nome estrangeiro... Kauffmann! Maldita psiquiatra!

CARTA DA SACERDOTISA:

— *Aqui eu vejo clemência, misericórdia. Eu vejo o plano astral abençoando você e trazendo de novo a felicidade para a sua vida. Tudo o que for tirado de você retornará de outra forma, mais leve e mais evoluído. Você vai ter amor na sua vida e a luz brilhará na sua estrada.* — Essa é a parte em que a Heidi entra na minha vida. Ela é a minha luz, a minha salvação.

CARTA DA CARRUAGEM:

— *A chave para as suas respostas está em uma outra terra, distante daqui. Você vai para muito longe para encontrar você mesma. Vai ser uma longa viagem até chegar no seu destino. Está distante, mas você vai encontrar.* — É Amsterdã, onde moro...

Meu Deus! Agora tudo faz sentido! Continuo escutando...

— *É, sim. E é um lugar onde os antigos habitavam, um lugar com história. Eu vejo um castelo. E vejo que você só vai alcançar a sua paz depois que percorrer o caminho em direção a esse castelo...*

Que castelo será esse? Não importa, o que tenho que fazer agora é acabar de vez com essa mulher que acabou comigo. Odeio essa mulher e me odeio mais ainda por ter permitido que ela entrasse na minha vida dessa forma. Ela me roubou o que eu tinha de mais precioso na vida: o meu Jota. Começo a chorar muito, por horas a fio. Dou-me conta de que o amor da minha vida sempre vai ser o meu Jota. Ele que me fez fazer as maiores putarias da minha vida, ele que me marcou para sempre com seu jeito sacana e livre. É ele quem eu quero. É nele que eu penso quando gozo para a Heidi. É no pau dele, entrando em mim e me machucando, que eu penso quando chego ao meu orgasmo maldito. Ele me enfeitiçou de uma forma da qual não consigo mais sair. Ele viciou meu gozo com seu toque. Só consigo dar o gatilho com o pensamento nele. Com as mãos entre as pernas, aperto forte minha vagina, fazendo movimentos giratórios em torno do meu clitóris. Deixo-o enorme a ponto de gozar e, quando meu corpo se contorce com a primeira estalada de prazer, meu pranto explode em um grito de desespero, acompanhado de inúmeras lágrimas impossíveis de se conter. Gozo e choro ao mesmo tempo. Sinto uma dor incalculável, a dor de perceber, ainda que tarde, que abri mão do maior amor da minha vida por um capricho. Por ódio. O ódio dessa filha que ele teve me afastou dele. O meu ódio me destruiu e abriu caminho para outra tomar meu lugar. Se a culpa por ter perdido o Jota é de alguém, essa culpa é muito mais minha do que dessa bruxa ruiva. Eu fui a menina mimada que não quis escutar, que estava embriagada demais com a minha própria dor, envaidecida demais no papel de vítima, que não pude descer as escadas para ver com maturidade o que se passava à minha volta. Talvez por isso ele sinta raiva de mim. Por isso ele me tratou friamente quando nos falamos pela última vez. Talvez, quem sabe, ele ainda possa sentir alguma coisa por mim. Talvez...

Mas, antes de buscá-lo, tenho de me fortalecer. Não posso chegar assim, arrasada, magoada, fraca. Preciso retomar a minha pomba-gira. Eu era feliz com ela ao meu lado e, depois que a mandei embora, só fico chorando e lamentando pelos cantos. Não me sinto mais a Anna Lara que sempre fui.

Costumava ser malhada, tinha pernas e bumbum musculosos, braços fortes, longos cabelos lisos com mechas loiras por todo o comprimento e nas pontas. Meus seios de silicone nunca foram grandes, mas formavam um equilíbrio com o resto do meu corpo sarado. Era uma típica "garota de Ipanema", forte, esbelta e linda. Era gostosa e sedutora. Vestia-me com um estilo próprio, um pouco masculino, mas com estilo. Desde que vim morar com Heidi, meu corpo está bem mais flácido do que era e agora tenho uma quantidade de massa gorda na região do meu abdômen. Tomamos vinho todos os dias e comemos comida gordurosa quando saímos para jantar. E saímos quase todos os dias. Heidi não se preocupa com a estética, só se preocupa com a saúde. Ela também aumentou suas curvas desde que nos casamos. Definitivamente, não sou mais a Anna Lara que costumava ser. Acho que teria até vergonha de participar de um sexo grupal com luzes acesas. Minha depilação já praticamente não existe. Heidi é a favor do estilo natural, de como eram nossas mães. Na Europa, as mulheres são mesmo bem mais conservadoras com relação ao tema depilação.

Mas não vou mais me preocupar com minha aparência nesse momento, vou me ater a buscar o meu Jota onde quer que ele esteja.

Nossa sintonia ultrapassa a questão corporal, somos tarados um pelo outro por meio do cheiro, da pele. Fazíamos nossas necessidades ali, na frente um do outro. Ele sempre quis manter a porta aberta para que não tivéssemos, desde o início, nenhum tipo de pudor um do outro. Ele dizia não ter nojo de nada que viesse do meu corpo porque o meu corpo era propriedade dele. Só dele. E ele fazia com meu corpo tudo o que ele quisesse. Alimentava, mandava exercitar e emprestava para os amigos. Eu era seu brinquedo e sua puta. Sua boneca de luxo. Mas não era só tratada como um objeto; ele cuidava do meu corpo e da minha alma. Alimentava meu desejo com todo tipo de poesias e me acariciava sempre com elogios caretas e sutis. Era um "gentleman" por baixo da carcaça de lobo faminto. Era maníaco por controle e gostava de quebrar todos os limites. E quebrou mesmo os meus limites. Aprisionou-me com a sua proposta de liberdade. Deu-me a comida de todos os Deuses Imorais para saciar a minha fome de outros homens. Abasteceu-me de luxúria e entorpeceu-me de prazer.

E agora que desfruto a minha liberdade sexual com a minha esposa, sinto-me ainda mais presa a ele. Preciso recuperar a minha vida ordinária. O meu gozo puto, o meu prazer verdadeiro. Amo minha mulher, mas não consigo viver sem o gosto da porra do meu homem.

Capítulo 18

Durmo e acordo no dia seguinte com a mesma sensação de vingança. Ela vai pagar muito caro por ter entrado na minha vida desse jeito, roubando-me uma parte de mim. Odeio-a tanto, tanto! Nunca mais vou conseguir tirar o nome dessa mulher da minha mente: o diabo Kauffmann. Como pude ser tão ingênua? Por que me entreguei dessa forma? Por que contei tudo a respeito da nossa intimidade? Da nossa intimidade de que ela se apoderou e tomou conta. Hoje ela deve fazer todas as indecências que fazíamos eu e o Jota. Mas duvido que na cama ela o satisfaça como eu fazia. O que ela entrega para ele é o status. Ela é alguém independente, importante. Tem dinheiro de família e dinheiro dela própria. Estudou medicina na UFRJ, uma das faculdades mais difíceis do Rio de Janeiro. É judia, como sempre quis a minha "ex-fútil-sogra", vai dar a ele herdeiros legítimos, ruivos judeus circuncidados! Odeio-a com todas as minhas forças! Pecado ou não, eu só sei que a odeio... E quando sinto ódio eu começo a tremer... e sinto vontade de beber, de fumar e de cheirar. Sinto vontade de fazer tudo o que não se deve. E sinto vontade de transar. Transar mais e mais até a minha genitália arder. Só assim meu coração machucado consegue encontrar um pouco de paz. Já começo a sentir um pouco da vibração diabólica da minha pomba-gira, mas ainda não a vejo nem a escuto.

Tenho de buscar de novo a minha pomba-gira. Mas como? Penso na vó Lia e no "segredo de família" que ela guardava. Penso nas paredes que sangram do antigo apartamento. Penso nas energias ocultas que perseguem a minha família por anos. Tenho de resgatar esse elo, esse "eu". Eu vou encontrar, em algum lugar da minha alma suja, uma forma de resgatá-la.

Havia me libertado da minha pomba-gira dois dias antes de embarcar para Amsterdã. Como havia combinado com minha mãe, fui mesmo ao culto no Templo Evangélico do Marco Aurélio. Ele não prega mais como Pastor dessa Igreja; na verdade, ele é o "dono" de lá e hoje recebe o nome de Bispo. Foi horrível. Lá o local é um templo de fé e de contemplação. Os fiéis saem "libertos" como se prega, mas para mim foi um local que me fez enxergar um lado escuro que habita em mim e que eu não consigo tirar. Vi ali a minha essência, parte do meu ser sujo e imundo nunca vai se encontrar com esse Deus que pregam lá. Esse Deus é um tanto preconceituoso e discriminatório. Não é livre como o meu Deus. Ou como eu imagino "Deus". Lá eu encontrei um Deus que castiga, que pune os infiéis a ele. E tive de aceitá-lo perante o público que se apresentava diante do altar, com risco de ser amaldiçoada por todos, inclusive por minha mãe.

Subi ao palco ou, como o chamam, "altar", no momento em que o pastor chamava os fiéis para a "libertação". Nesse momento, o Pastor repreendia todos os espíritos malévolos, ou sem luz, que supostamente nos rodeiam e, em troca, entregava o verdadeiro Espírito Santo. Recebi uma carga de Luz muito forte. Foi lindo, foi sagrado. Mas hoje entendo que toda essa luz mexeu muito com a minha energia básica. Hoje consigo entender que a energia que movimento é a energia do chacra sexual, a energia mais básica, que é a fonte que rege as mulheres da minha família. Como sei tudo isso? Não sei. Simplesmente me apareceu na mente em algum momento, como se algum espírito tivesse me contado. Nesse momento, elevei-me à categoria que, na verdade, me enfraqueceu. Eu já não era mais a Anna Lara que sempre havia sido, já não tinha mais a fome de sexo selvagem que sempre havia tido, aquela vibração, aquele desejo. Saí de lá mais fria, mais seca. Minha vagina já não lubrificava tanto e eu não sentia necessidade de me masturbar todos os dias. Na verdade, antigamente, eu me masturbava sempre. Quase todos os dias desde os oito anos de idade, quando gozei pela primeira vez em cima do meu edredom fofinho de rosas cor-de-rosa. Eu era bem mais safada que quase todas as minhas amigas e sempre que podia falava em sexo. Tive curiosidade de fazer tudo o que estivesse relacionado ao tema sexual, e muito do que vivenciei no mundo sexual foi com o Jota. Ele me levou para caminhos que eu nem imaginava. E nunca me deixou sem um beijo, um abraço de conchinha, um carinho no meio da noite, ou mesmo uma poesia no dia seguinte. Foi ele quem me trouxe felicidade.

Voltando ao culto, o Pastor me pediu para dizer que eu aceitava Jesus Cristo como meu único Senhor, meu único Salvador. Eu O aceitei, é claro. Mas aceitava também outras formas de energia a me protegerem. E agora preciso de uma proteção mais carnal do que divina. Os assuntos da carne se resolvem mesmo em planos mais inferiores do que lá em cima, ao lado do Pai e da Mãe. Preciso das "primas" agora. Aliás, preciso de todo o exército de pomba-gira que possa reunir para destruir essa bruxa ruiva!

Esse é um mundo ao qual eu definitivamente não pertencia. Era como se algo dentro de mim gritasse ferozmente contra tudo o que era propagado no culto. Primeiro, a impressão que me deu das pessoas era de que nenhuma possuía algum grau legítimo de vaidade. Nunca fui uma mulher vaidosa propriamente, mas um pouco de cuidado com o corpo e com o que se veste é fundamental. Lá, todas as mulheres usavam saias abaixo do joelho e seus cabelos gigantes eram presos em rabos de cavalo baixos ou grandes "coques"; as maquiagens eram imperceptíveis e as estampas coloridas de roupas, provavelmente, compradas em feiras baratas, misturavam-se com o cheiro das colônias igualmente baratas compradas de promotoras de produtos de beleza. Tudo muito pobre e miserável dentro de um templo rico. Foi o que encontrei quando me juntei à religião salvadora da minha mãe, entoada pelo hino mágico do meu padrasto "charlatão"...

Sem sombra de dúvidas, existe nesse lugar uma energia poderosa que me deixou arrepiada desde o início. Não sei que tipo de energia é, mas, com certeza, não é uma energia do mal, uma energia pesada. Só que essa energia, definitivamente, não combina com a minha. Senti-me suja ao entrar nesse templo limpo. Era talvez limpo demais para os meus pés calejados por pisar em terreiros de Umbanda e festas de pomba-gira... eram os meus pés culpados pelos caminhos tortos que eu havia seguido. E minha alma pouco evoluída não me deixava ver a luz em um local tão sagrado como esse..

À tarde Heidi viaja para defender sua tese de pós-doutorado, em Bruxelas, e eu fico completamente sozinha. Gosto da sensação; afinal, não estou mesmo em um momento muito bom com ela. Desço pelas ruas de Amsterdã sem rumo, sem norte, sem prumo. Vou em busca de qualquer coisa, em busca de algo que me traga de volta à vida. Resolvo buscar um pouco de promiscuidade na "Red Light". Há tempos não experimento um ato de infidelidade e no momento meu corpo pede isso. Lá chegando, vislumbro um local que me parece muito familiar. Chama-se "Tapiz Rouge" e é uma casa bem antiga, de esquina. A porta de madeira com uma pintura vermelha esmaltada contrasta com os puxadores de bronze com imagens de gárgulas, sustentando duas argolas redondas que servem de sino. Fico olhando para essa porta por alguns segundos, sem entender o porquê de tamanha aflição. Não consigo tocar na porta... Por sorte, uma das "funcionárias" do local aparece e pede licença, abrindo a porta, que se escancara para um cenário novo e, ao mesmo tempo, antigo.

Uma mulher, com aparência de faxineira, com cabelos brancos desgrenhados e uma roupa de moletom de cor azul-marinho, aparece no hall de entrada, me olha e me explica que ainda não estão no horário de atendimento. Mas insisto em ficar somente observando o lugar, até a chegada do gerente do local com quem eu precisaria falar. Ali, em um sofá de veludo verde, bem no canto da sala, eu me sento e começo a vislumbrar toda a história "dela".

Fico inerte, em um estado de transe por muito tempo, não sei ao certo quanto tempo, mas sei que é o bastante para chamar a atenção das meninas que trabalham ali e do gerente do local, que me desperta com um forte abanão. Ele está visivelmente irritado e me pergunta se estou drogada. Imediatamente invento uma história de que sou escritora e que estou ali fazendo uma espécie de "laboratório" para o meu livro. Ele melhora seu humor e até ensaia um breve sorriso. Mas lamenta e diz que ali não é local para "escritoras jovens e bonitas". Peço, então, pequena concessão e ofereço uma nota de cem dólares para que ele aceite minha singela presença no local. Não me importa... pagaria dez vezes mais só para estar ali, observando o andamento e o preparo de todas as prostitutas que circulam pela casa livremente...

Em resposta à minha proposta, o homem gordo e barbudo finalmente sorri. Estabelecemos um acordo no qual a minha presença seria tolerada na medida do meu pagamento. E, apontando o dedo para uma placa que ficava bem na entrada do recinto, ele me explica o princípio fundamental que rege essa e todas as outras casas da Red Light, e que está escrito nesta placa: "Tudo é possível mediante pagamento".

E foi assim que, gradativamente, fui entrando no universo vermelho da minha "acompanhante". No mundo da Maria Scarlet. Foi assim que entendi quem era de fato a "Maria Scarlet" e como funcionava o famoso local onde ela governou absoluta, em sua era de promiscuidade e luxúria, conquistando o mundo de clientes e fazendo sua fama e fortuna em 1769, em que ela revolucionou uma era, criando o primeiro sistema de marketing do sexo, com a "Red Mary Street", hoje conhecida como a "Red Light District".

Capítulo 19

DURANTE AS SETE SEMANAS QUE SEGUEM

Nesse período, que corresponde a exatas sete semanas da minha vida, nem mais nem menos, descobri o que me havia levado até Amsterdã e o porquê do meu envolvimento com Heidi. Os rumos da vida do Jota e sua filha-demônio não me perturbavam naquele momento, assim como as ausências ocasionais da Heidi para trabalhar ou estudar. Nem mesmo a minha própria inutilidade profissional me incomodava mais. Nada em torno da minha vida tinha tanta importância quanto a vida pregressa e imunda "dela". Não me importava comer ou dormir. Não me importavam as horas em que eu me dedicava a cultivá-la. A única coisa da qual não prescindi nesse período foi a maconha. Era um canal natural para que eu pudesse me conectar a esse universo, como uma "chave" para acessar outro mundo...

E foi ali que, chapada de tanta maconha e afundada na minha poltrona de veludo verde, conheci o Rudolf. Numa sexta-feira chuvosa da mesma semana, eu estava novamente ali, inerte, sob os olhares de prostitutas e clientes, que entravam esfuziantes e saíam embriagados e suados de seus recintos fétidos e desasseados, quando vi entrar esse homem alto, magro e com o rosto bem marcado com traços de rugas de expressão, que marcavam seus sofrimentos pregressos e suas dores mal resolvidas. Seu protuberante nariz entoava uma perfeita sintonia com seu visual sério e marcante. Seus olhos castanho-escuros hipnotizavam as pessoas, como se enxergassem além do corpo delas, marcando com extraordinário enigma as pessoas que cruzassem seu caminho.

Meu celular já havia tocado mais de trinta vezes com Heidi nervosa me procurando. Eu sabia que era canalhice sumir dessa forma e não a avisar. Sabia que não era digno fazer isso com a pessoa que me trouxe de volta ao mundo dos decentes, dos que creem, dos que têm fé nas pessoas que amam. Mas a verdade é que, apesar de estarmos vivendo juntas, eu não me considerava tão em dívida com ela — ainda. E eu não sabia como voltar. Era como uma droga, uma droga que me consumia pela curiosidade de saber o que havia por trás de toda aquela fantasia. Curiosidade por me perder um pouco mais nos caminhos escuros da promiscuidade que o Jota, indecentemente, me havia apresentado. Era o meu vício: estar sedenta por mais formas de sexo vulgar. Por conhecer além do que o corpo pede, conectar-me com esse lado promíscuo que havia em mim...

Ele me olhou fixamente e assim ficou por alguns minutos. Esses minutos pareciam uma eternidade. Me senti nua, invadida. Debulhei-me em lágrimas vaginais ao me sentir mais uma das putas desse prostíbulo moderno, à luz de tantos gozos e gemidos prazerosos. Quis ser mais uma delas, a deitar-me com esse completo desconhecido, só pelo prazer de tê-lo dentro de mim, em uma escala mais do que vulgar, em um momento de pleno abismo moral e impuro. Eu quis seu pau dentro de mim, como o náufrago que, cercado pela imensidão do mar, necessita de um gole de água para sobreviver na sua jornada pela vida. E o quis mais ainda pelo fato de ele ser velho e enrugado. Eu o quis para dar à minha genitália um pouco de "sujeira", de verdade sexual, sem me esconder em músculos trabalhados por horas a fio em uma academia de ginástica, sem me perder em perfis físicos categorizados e preconcebidos.

Ele se aproximou de mim, estendeu suas enormes mãos e me disse em um francês com sotaque diferente:

— *Parlez vous français?*

— *Oui* — respondi.

— Brasileira?

— Sim, você também?

— Não, espanhol, mas com mãe brasileira... se importa de conversarmos no quarto?

— Não. Acho que você não entendeu, eu não...

— Entendi sim, *Mareu*. Entendi tudo. Não se preocupe, não vou tocar em você. Só quero conversar.

Eu sabia que era errado, que não deveria entrar ali. Mas, nesse momento, pela primeira vez em anos, consegui vê-la de novo. Ela, a "moça", estava de volta à minha vida. Minha felicidade foi tamanha que não consegui esconder dele a companhia da minha amiga. Ele olhou para trás procurando o motivo do meu sorriso solto e, ao voltar o olhar castanho para mim com o mesmo sorriso, disse:

— Muito bonita sua amiga. Me acompanham as "moças"?

Ela me olhava com aquele olhar insistente, e eu não conseguia pensar direito. Foi quando entendi que ele também a via ali:

— Nós três vamos apenas conversar, te prometo.

E eu resolvi ceder. Subimos as escadas em direção a um dos quartos. Gerárd, o gerente, me olhou com profunda estranheza e, antes que eu pudesse dizer qualquer coisa, Rudolf entregou-lhe um grande bolo de notas de cem dólares e fez um gesto de silêncio. Assim, sem pudor e sem palavras, seguimos para dentro do quarto. Quando ele virou a chave, um frio intenso percorreu todo meu corpo até chegar aos meus pés gelados. Achei que fosse ser estuprada. Minha ousadia sexual terminara ali, em pleno Bordel da Red Light!

Ele se sentou na cama e retirou seus sapatos. Continuou a me olhar com o olhar indecente e faminto. Depois de alguns segundos disse:

— Olha, eu nem sei seu nome, mas sei que você não é uma prostituta. Obrigado por confiar em mim, mesmo sem nenhuma razão aparente para isso.

— De nada. Mas isso realmente é loucura! Não sei o que eu estou fazendo aqui. Sou casada e tenho que voltar pra casa...

— Não antes que eu faça o que vim fazer. Não se assuste, mas eu preciso conversar com vocês.

— Isso é loucura! Você está realmente vendo a "moça"? E como você sabe o apelido dela?

— Sei o apelido dela e sei o seu nome: Anna Lara. Sei muitas coisas sobre vocês... Bom, vou me apresentar: meu nome é Rudolf Bragança. Sou pianista da Orquestra Sinfônica de Berlim. Morei anos no Brasil quando era pequeno e conheci todo o tipo de cultos mediúnicos. Frequentei Centros de Umbanda e Candomblé, vi todo tipo de coisas do mundo oculto. Conheci várias formas de magia e me perdi nessa "transição de valores", até entender que eu era um médium potente.

— Mas. O que você está falando? O que eu tenho a ver com isso?

— Sei que isso tudo pode parecer loucura, mas, por favor, me escute. Eu estaria preso a um desses Centros Religiosos se não tivesse feito um trato. Eu escolhi seguir minha carreira de músico, aproveitando o dom que me era enviado por meus mestres superiores e, em contrapartida, aceitei trabalhar para a mediunidade quando fosse solicitado. E é o que eu estou fazendo aqui. Estou te ajudando a entender o que se passa com você.

— Então, quer dizer que você veio até aqui só para me ajudar? — Um riso solto saiu da minha boca dormente do efeito da maconha que eu havia fumado há uma hora. Devia ter exagerado na dose do meu cigarro de maconha...

— Entrei aqui porque queria transar com essas prostitutas, pois tenho minhas perversões também. Quem não as tem, afinal? Mas meu mestre me pediu que eu me conectasse com seu perispírito e lhe desvendasse alguns mistérios que envolvem sua história cármica.

E foi assim que Rudolf tornou-se meu grande amigo de caminhada. Ele me explicou que Maria Scarlet é um espírito com pouca luz que vaga há mais de duzentos anos no plano intermediário entre os vivos e os mortos que transcendem. Ela não transcendeu, não pôde subir para outro plano até que alcançasse as "metas" propostas pela espiritualidade. No plano astral, tudo funciona à base de "pontos", que são conseguidos por meio das ações de cada um neste plano. Quase como um colégio bem rígido, mas justo. Ele me explicou ainda que nada é tão definitivo no plano terreno, que ações "ruins" podem ser amenizadas com outras ações genuinamente "boas". E que, diferentemente da teoria do "bumerangue", na qual as ações negativas com outras pessoas voltam para a pessoa que as praticou, o acerto de contas não é feito neste plano, e o pagamento por tais ações vem depois. A consequência de fatos ruins neste plano seria apenas a energia captada na mesma frequência da intenção e ação negativas.

Enfim, entendi que são vários os fatores que movimentam o plano terreno, e que o plano astral não interfere tão fortemente quanto imaginamos. Que o livre-arbítrio é a artéria principal que nos guia por esta vida. As energias cósmicas são elencadas em diferentes níveis e dimensões e nos ajudam, em diferentes escalas, mas dependem de permissões para atuar entre nós. Os seres com menos luz são os que geralmente intervêm mais no nosso cotidiano, pois estão energeticamente mais sintonizados com a nossa vibração terrena. Por isso é tão difícil o mundo evoluir...

Mas o motivo pelo qual a Maria Scarlet me acompanha é um mistério que Rudolf não conseguiu — ou não quis — me desvendar ainda.

Terminadas as prévias explicações sobre o mundo espiritual que nos cerca, Rudolf pediu licença e saiu para sua dose diária de perversão no prostíbulo da Red Light. Tempos depois, descobri pelas meninas desta casa que sua perversão era ser possuído por três prostitutas, após receber algumas boas chicotadas em suas flácidas nádegas. Soube do fato e o guardei para mim. Jamais o deixaria saber que seu segredo havia sido revelado pela boca imunda das serviçais do sexo do distrito vermelho-sujo.

Combinamos, a pedido dele, de nos encontrarmos após seus ensaios no Teatro Municipal de Amsterdã. E todos os dias eu esperava ansiosa o horário das 18h para seguir em direção ao Teatro, só para poder respirar um pouco da vida "dela", da Maria Scarlet, muito mais fascinante do que a minha vida miserável e incompleta... Heidi teve ciúmes de Rudolf, o que rapidamente foi contornado depois que lhe contei sua preferência sexual propagada constantemente no Bordel da Rua 17. Nunca fui mesmo muito boa em guardar segredos alheios, não seria agora que o faria... Só esperava que Heidi soubesse guardar esse segredo melhor do que eu.

Capítulo 20

SETE SEMANAS DEPOIS...

Ouço um barulho de e-mail chegando. Entro no correio sem expectativas... E vejo que é do Jota! Quando abro o e-mail, vejo somente uma aspas aberta e três pontinhos. Um frio percorre todo o meu corpo e as lágrimas insistem em brotar dos meus olhos. Ele está fazendo referência a uma de nossas poesias, a poesia: "Entre Aspas".

> *"Entre aspas escondo a minha sinceridade e deixo nas entrelinhas o que não posso dizer, mas posso fazer. E faço, com dois ou três dedos, dentro do abismo que existe entre a minha consciência e o meu desejo. Porque só mesmo entre aspas consigo me encontrar dentro de você de forma autêntica. E, entre aspas, posso me deliciar com o prazer pecaminoso que é entregar o que minha mente suja arquitetou para o seu prazer, sem pudor em admitir que a minha desonra moral será completamente castigada, na moldura limitante da sua cama sagrada. E se quero seu corpo mais profundamente do que jamais quis outro, quero-o sem pressa e sem censura. Mas o quero entre aspas, despido e desnudo de toda a sua proteção, e entregue em meias verdades a serem contadas aos poucos... Entre aspas".*

E a nossa história volta com um turbilhão de pensamentos. Será que eu não deveria ter dado uma chance ao nosso amor? Será que eu teria sido assim, tão infeliz, se tivesse ficado ao lado do meu amor? Sinto tanto cheiro de sexo nos arredores da minha nova vida, que não consigo me despir da minha sujeira moral e me deitar tranquila na minha cama de espinhos. Sou a causadora do meu inferno e dele nunca vou conseguir sair! Afundo-me cada vez mais no abismo em que minha alma insiste em se jogar...

Respondo ao e-mail com o mesmo conteúdo:

"..."

E ele me responde com um bonequinho sorrindo: :)

Eu respondo:

— Parabéns pelo nascimento do seu filho. Fiquei feliz em saber que você é pai de novo... — Merda! Não devia ter escrito isso! Anos sem falar com ele e coloco justo esse demoniozinho judeu ruivo no nosso meio???

— Saudades de você, Anna Lara. — Meu Deus! Meu coração parece que vai sair pela boca! Não me aguento dentro de mim! Isso deve ser obra dela, da minha Maria Scarlet já trabalhando nos meus pedidos!

— *Me too.*

— Vou para Holanda amanhã. Podemos nos encontrar?

— Podemos. Em qual hotel você vai estar?

— No InterContinental Amstel Amsterdã. — O melhor hotel de Amsterdã...

— Ok. Te encontro na quinta lá às 12 horas e almoçamos juntos, pode ser?

— Por que não amanhã à noite? E jantamos juntos? — Ui! Me arrepio inteira com a proposta. Jantar?

— Ok! Que horas você chega?

— Às 21h. Te vejo às 23h no hotel?

— Ok. Nos vemos amanhã, então. Boa viagem.

— Vai ser... Ótima, aliás. Bj bj bj

Quase não me aguento em mim! Estou a ponto de explodir de tanta felicidade! Há tempos não sentia algo parecido... quero-o muito, muito, muito... não consigo dormir de tanta excitação. 1h20 da manhã de quarta. Ele deve estar embarcando... Levanto-me da cama em direção à sala. Imagino-me na nossa sala no Leblon, no Rio. Nesse momento, estou dançando balé, nua, só para ele. Curvo-me para apoiar minhas mãos na bancada branca de pedra sabão marroquina de 1760, que suporta a enorme TV de 62 polegadas. Com as mãos apoiadas à frente, meu rabo fica exposto em um ângulo perfeito para ser explorado. Jota desce sua língua o máximo que pode até alcançar meus lábios já encharcados de prazer, continua a se movimentar até introduzir seu nariz nas profundezas da minha alma suja e, quando já não me resta alternativa, imploro por seu pau duro no âmago do meu corpo depravado. Gozo milhões de vezes em um segundo. Não consigo parar de me contorcer. Rudolf já havia me falado, mas eu não acreditei. Lembro-me de suas palavras sobre a verdade do gozo:

— A expectativa do gozo é sempre a melhor parte do sexo. Não transamos para gozar; transamos para alcançar o grau de excitação máxima que existe entre uma mente suja e um corpo em ascensão erótica. O prazer é sempre mais mental do que carnal. Somos todos pedaços de carne ambulantes com muito mais adrenalina sexual do que nos alcança o corpo. Somos receptores de uma energia que não está aqui, que recebemos e mandamos de volta. Somos pedaços de um todo mal-acabado. De um prazer que nos é concedido a cada segundo em que chegamos perto do gozo humano...

Acabo de gozar no chão, no tapete persa que a Heidi tanto ama. Acabo de gozar para o meu ex-marido em um sinal de total desrespeito ao nosso templo sagrado. Mas minha mente não está aqui. Nem meu corpo. Eu não pertenço mais a este lugar. Estou completamente apaixonada pela ideia de ser de novo propriedade do Jota Jr. Adormeço ali mesmo, com meu copo de Blue Label e mais de dez cigarros, que me ajudaram a acalmar a minha conturbada mente. Acordo no dia seguinte com taquicardia, acho que o excesso de cigarros atacou a minha asma psicológica. Heidi me havia proibido de usar a bombinha de asma porque descobriu, por meio de vários exames, que eu realmente não tenho asma. Que é tudo um efeito psicológico devastador, que me faz crer que o ar está faltando em meus pulmões, quando na verdade não está. Mas é tão real para mim. Eu realmente sinto essa falta de ar. E agora estou sentindo mais do que nunca. A cada hora que passa em meu relógio, minha respiração fica mais prejudicada. Fumo um cigarro inteiro de maconha, mas me nego a tomar meu Rivotril. Não quero estar sonolenta quando encontrar o meu amor. Quero estar inteira para ele.

O telefone toca. É a Heidi. Diz que vai adiantar o voo para ficar comigo. Mas eu não quero! Não digo nada. Não sei o que dizer. Acho que qualquer coisa que eu disser agora vai me comprometer. Prefiro fugir. Fugir para os braços do meu Jota Jr. Desculpe-me "Kate". Não quero magoá-la, mas simplesmente não consigo não ir ao encontro do Jota. Preciso desse encontro. Preciso dele com a mesma necessidade que uma mãe precisa do filho recém-nascido nos braços. Preciso dele hoje. E não consigo deixar de querer esse encontro. Não há culpa que me faça declinar do meu compromisso de hoje. Eu dependo desse encontro para continuar a viver.

As horas passam e já se aproxima o horário das 20h. Penso em fazer uma reserva no mesmo hotel para poder me arrumar com calma e depois, quando ele sair, ir para o quarto se eu quiser; ou, ainda, posso esperar pelo horário e subir direto para o quarto dele... Não! Melhor não... Não sei o que fazer. Olho o relógio de novo: 20h17. Meu coração acelera mais ainda. Melhor me arrumar aqui mesmo. Merda! Minha depilação está totalmente fora do contexto. Jota odeia pentelho. Mas aqui não existe método de depilação como no Rio. Vou fazer com a lâmina mesmo. Raspo-me inteira, não deixo nem rastro do que havia aqui. Heidi com certeza vai saber o que aconteceu. Talvez por isso não me quisesse depilada. Não sei. Mas não me importo mesmo.

Saio do banho e coloco a minha roupa preferida. Não é a mais sexy nem a mais feminina. É a que mais tem a minha cara. Uma camiseta branca de mangas curtas com a estampa na cor cinza de uma mulher de perfil, com pequenos detalhes de brilho na moldura da foto. A blusa é um pouco transparente e justa, fazendo aparecer um pouco do meu sutiã roxo de cetim. Minha calça é o meu jeans True Religion, com detalhe no bolso traseiro, e minhas botas de soldado Perry Ellis complementam o visual sapata-militar. Percebo que os anos em que vivi com a "Kate" deixaram-me bem mais masculina do que antes. Já ia sair sem nenhum brilho nos lábios, sem máscara de cílios ou mesmo um pó compacto. Não me preocupei com os brincos também. Sempre gostei de usá-los bem grandes, caindo nos ombros. Com a Heidi, passei a usar brincos menores e mais discretos, como pérolas e pequenos diamantes.

Resolvo mudar tudo e coloco meu vestido preto justo. Procuro meus scarpins, mas não os encontro, então, vou com os de cor bege da Heidi. De repente, vejo Maria Scarlet no reflexo do espelho do banheiro. Ela me pede para colocar a minha maquiagem e meu batom vermelho. Negocio colocar a maquiagem sem o batom vermelho. Não gosto de batom vermelho, prefiro batons cor de nude ou os brilhos da Lâncome. Acerto meus longos cabelos loiros com a ajuda do secador. E para finalizar um pouco do meu perfume preferido, uma mistura das essências Lime Basil & Mandarin, da Jo Malone, uma loja de perfumes exclusivos, que fica em Londres.

Coloco minha parka preta e sigo para o hotel. Chego antes, por volta de umas 22 horas. O recepcionista do hotel me dá as boas-vindas e pergunta meu nome. Imediatamente, após dizer Anna Lara, ele me passa o cartão que dá acesso à suíte presidencial e diz:

— Boa estadia, Sra. Tavares. — Típico do Jota! Já deixou o hotel todo sob aviso. Agora sou a Sra. Tavares, em Amsterdã, terra do Império do avô da minha mulher. Mulher essa que é conhecida em todos os cantos desta cidade. Médica-referência, dona do maior hospital, curadora do Museu Stedelijk, um dos mais completos museus de Arte Moderna de Amsterdã, no qual trabalho. Se continuar nesse ritmo, eu não só vou perder meu emprego, como também serei expulsa desta cidade. Mas irei feliz, ao lado do meu único e verdadeiro amor...

Subo no antigo elevador em direção à "Penthouse Suíte", a melhor de todas as suítes do hotel. Ao abrir a porta do quarto, uma garrafa de champanhe Krug Brut David Sugar, da edição limitada de Krug Brut, que possui o desenho da "codorna sentada na árvore florida", a preferida do Jota. É um dos champanhes mais caros do mundo, cuja garrafa custa em média 1.080 libras esterlinas.

Espero o Jota chegar para abrir a garrafa. Enquanto isso, vou até a varanda superior para admirar a vista. Passados longos cinquenta minutos, escuto a porta bater. Meu coração acelera. Minha respiração para por alguns instantes.

— Anna Lara. — Escuto sua voz e me viro. Ele está ali. Lindo. De jeans, camisa preta colada, olhos famintos, ávidos por mim. Está mais velho, com algumas rugas no entorno dos olhos e um pouco mais de cabelos grisalhos no contorno da cabeça, próximo às orelhas. Os fios prateados só lhe conferem mais estilo ainda, mais classe.

Sem falarmos sequer uma palavra nos aproximamos e, como em um filme, nos agarramos violenta e desorientadamente. Sem o menor pudor nos tocamos com o desespero que pessoas famintas tocam uma comida depois de um longo jejum. Com sede da saliva que cada um compartilha com seus outros pares, nos saciamos e a degustamos. Nos chupamos, trepamos. Ele me meteu mais do que em uma década inteira de vida. Me estuprou o rabo enquanto esmagava meus mamilos. Me teve na sua sintonia durante todo o momento em que sua língua habitava meu sexo. Deteve-se ali por muitos segundos, talvez horas... não sei. Esperamos o dia amanhecer para vê-lo através das frestas de nossas dobras amassadas; e, em nosso suor fétido, pudemos experimentar todos os ácidos desejos dos nossos excrementos mais sexuais possíveis. Fomos ao limiar da loucura com nosso toque, como se a vida parasse para nos deixar passar em pleno dia de carnaval. Era o carnaval de todos os demônios enlouquecidos por sacanagem que nos aplaudiam no enredo desse drama. Era ela, a minha pomba-gira, que gritava na cama junto comigo, em mais do que doses certas de sexo puto e ordinário, em doses cavalares de sexo promíscuo, no templo sagrado dos nossos corpos.

Continua...

Pandorga
NACIONAL

INFORMAÇÕES SOBRE NOSSAS
PUBLICAÇÕES E ÚLTIMOS LANÇAMENTOS

FACEBOOK.COM/EDITORAPANDORGA

TWITTER.COM/EDITORAPANDORGA

WWW.EDITORAPANDORGA.COM.BR

Este livro foi composto em Alegreya
Sans para a Editora Pandorga em
setembro de 2016.